신우재의 아침카페

바보야, 문제는 물과 공기야!

신우재의 아침카페

바보야, 문제는 물파 공기야!

화산
문화

이 책에 실린 75편의 글은 2007년 1월부터 2008년 3월까지 일간 데일리 노컷뉴스의 칼럼 '아침카페'에 실렸던 것들입니다. 칼럼 제목처럼 출퇴근길의 젊은 직장인들이 커피 한 잔 마시듯 가볍게 읽을 수 있는 주제들을 다루었습니다.

처음 칼럼 집필을 권유받았을 때 해본 적이 없는 일이었기에 다소 망설였습니다. 그러나 주제의 선택과 논조에 아무런 제한이 없다는 조건에 마음이 끌려서 응락을 했습니다. 이런 글쓰기를 통해 젊은 세대와 간접적으로나마 의사소통을 할 수 있다는 점도 집필을 기꺼이 수락한 또 하나의 이유였습니다. 제 글을 읽고 e-메일을 통해 찬반의 의견을 주신 독자들로부터 많은 것을 배운 것도 큰 보람이었습니다.

주제를 마음대로 택하다 보니 산만하다는 느낌이 들 정도로 잡다한 문제를 다루게 되었습니다. 개중에는 시사성이 강한 글도 더러 있지만, 그렇지 않은 글도 적지 않기에 한 권의 책으로 묶어 보았습니다.

집필 기회를 주신 홍원기 데일리 노컷뉴스 회장과 이정식 기독교방송 사장께 감사드립니다.

2008년 세밑

신 우 재

차례

책머리에

헛제사밥과 부대찌개

안동에 가면 토속 헛제사밥을 파는 음식점이 여럿 있다. 제례가 많은 유림의 고장다운 음식이다. 차림은 제사 음식이지만 제사를 지내지 않았기에 '헛'이란 접두사가 붙었다. 제사 음식처럼 양념과 조미료를 적게 썼기에 맛이 담백하고, 마늘도 들어가지 않는다. 자극적 음식을 좋아하는 사람들에게는 좀 덤덤한 음식이다. 그러나 먹고 나면 속이 편하고 쉽게 물릴 것 같지 않은 음식이다.

헛제사밥과 대조적인 음식을 하나 고르라고 한다면 부대찌개를 들 수 있다. 이름이 그다지 점잖은 편이 아니지만 서울 용산 또는 의정부에서 태어났다는 이 음식에는 각종 양념이 겁나게 많이 들어간다. 고추만 해도 풋고추, 매콤한 청양고추, 고춧가루를 넣는다. 이와 함께 햄, 소시지, 베이컨, 치즈 등 기름진 재료가 들어간다. 매우 자극적이고 기름진 음식이다. 추운 겨울 날, 소주 한잔을 곁들인 부대찌개는 별미다. 그러나 자주 먹을 음식은 못 되고, 특히 자극적 음식과 인공 조미료에 약한 사람은 식후에 불편을 겪을 각오를 해야 한다.

사람의 언행을 음식에 빗대 보면 헛제사밥처럼 말하는 법도 있고 부대찌개처럼 말하는 법도 있다. 지금 정치주역들의 언행은 대체로 부대찌개에 가깝다. 그러나 정치 지도자의 말은 헛제사밥과 같아야 한다고 생각한다.

몇 년 전 작고하신 소설가 서기원(徐基源) 선생은 공직에 있을 때 이런 입장을 엄격히 지킨 분이다. 그는 한국방송공사 사장을 역임하기도 했지만 최규하 대통령 시절 대통령공보수석비서관을 지냈다. 소설가이므로 아름답고 인상적인 문장을 쓰라면 누구보다도 잘 쓰실 분이지만 이분의 생각은 좀 달랐다. 대통령의 말씀이나 정부의 발표문은 담담하고 평이해야 한다는 것이다. 이를테면 양념과 조미료를 거의 쓰지 않는 제사 음식처럼 담담해야 한다는 것이다.

선거의 해를 맞아 올해는 정치인들의 현란한 말잔치가 연중 계속될 것이다. 대통령도 "이제는 나도 할 말은 해야겠다"고 한다. 이대로 간다면 국민들이 놀랄 일이 적지 않을 것이다. 험한 말로 정부와 정치에 대한 혐오증을 더 이상 키워서는 안된다. 올 한 해 동안 정치지도자들의 언행이 부대찌개가 아니라, 덤덤하되 갖추어야 할 것은 다 갖춘 헛제사밥처럼 되었으면 좋겠다. 말의 현란함과 자극성보다는 실속이 중요하다. 부드럽게 말하되 강하게 밀고 나가면 되는 것이다.

(2007. 1.)

북한의 핵실험은 성공했나?

2006년 10월 북한의 핵실험은 과연 성공한 실험일까? 북한 측은 중국 측에 4킬로 톤 정도의 폭발이 있을 것이라고 사전에 통보했던 것으로 알려졌다. 그러나 실제의 폭발 강도는 0.5킬로 톤에 그친 것으로 추정된다. 예상의 8분지 1밖에 안되는 폭발력만 나온 것이다. 왜 이런 불완전 폭발이 일어났을까?

폭발력이 너무 약하여 핵이 아닌 재래식 폭약이 아니냐는 추측까지 나왔다. 그러나 실험 2일 후 제논가스가 검출됨으로써 핵폭발임이 확인이 되었고, 장전된 핵물질이 우라늄이 아닌 플루토늄이라는 것도 밝혀졌다.

이에 대한 해답의 실머리를 제공하는 기사가 미국의 과학잡지 사이언티픽 아메리칸 2006년 12월호에 실렸다. 필자는 물리학자이며 과학 저널리스트인 그래엄 콜린즈, 그는 북의 핵실험에서 폭발이 제대로 일어나지 않을 수 있는 원인으로 세 가지를 들었다.

– 플로토늄을 연쇄적인 핵분열로 이끌기 위해서는 재래식 폭약에 의한 기폭장치가 필요하다. 이 폭발의 충격파가 플로토늄을 정상밀도보다 2~5배로 압축하면 핵분열이 일어나며, 압축이 클수록

폭발력은 커진다. 그런데 이 폭발이 고도로 균일하게 이루어져야만 완전한 핵분열이 이루어진다. 기폭제의 한 부분이 다른 부분보다 100나노 초만 늦게 터져도 압력이 늦게 터진 쪽으로 새어나가 완전한 폭발이 이루어지지 못한다.

- 플로토늄에 중성자를 충돌시켜 핵연쇄분열을 일으키게 만드는 이니시에이터가 기폭장치의 폭발 압력이 절정에 이르렀을 때 작동해야 하는데 작동이 조금 늦거나 이르면 제대로 폭발하지 않는다.

- 핵물질 중 동위원소 플로토늄 240이 너무 많으면 폭발이 앞당겨져서 제 성능이 안 나온다. 핵무기에 적절한 소재는 플로토늄 239이지만 핵연료봉이 핵반응로에 너무 오래 있으면 240으로 바뀐다. 240은 239보다 초당 수만 배의 중성자를 방출한다. 중성자가 핵분열을 일으키는 핵심분자이긴 하지만 너무 많으면 폭발이 일찍 일어나 제대로 폭발하지 않는다.

북한 1차 핵실험의 기술적 실패가 이 가운데 어떤 것인지는 오직 그들만이 알 것이다.

(2007. 1.)

너의 아픔은 나의 기쁨

강원도 어떤 지방의 산천어 빙판낚시 축제 모습이 텔레비전에
방영된다. 수천, 수만 명의 인파가 얼음판을 뒤덮고 있다. 가족나
들이를 나온 어른과 어린이가 서툰 솜씨로 산천어를 낚아 올리고
는 좋아 어쩔 줄 모른다. 잡은 고기를 즉석에서 요리해 먹는다. 리
포터는 '짜릿한 손맛'을 즐기려는 사람들이 몰려들어 올해 100만
명이 이곳을 찾을 것이라는 말로 리포트를 마친다.

축제로 덕을 보는 지역 주민, 상인들, 관광객, 행사를 꾸민 행정
당국, 그리고 방송 리포터까지 여기에 등장하는 사람들은 모두 행
복해 보인다. 적어도 이 세상의 모든 것이 사람을 위해 만들어졌기
때문에 사람이 마음대로 해도 되고, 오늘이 좋으면 내일은 걱정 안
해도 좋다고 믿는다면 그럴 것이다. 그런데 과연 그럴까?

물고기를 낚는 것은 인류에게 가장 오래된 생업이자 놀이 수단
이다. 그러나 여기에도 상생과 공존의 게임법칙이 바로 서야 한다.
생명을 존중해야 하고 어족의 씨를 말려서는 안된다. 수십만 명이
몰려가 빙판 밑에서 겨울잠을 자는 허기진 산천어를 마구 잡아 올
리면 산천어가 얼마나 오래갈까? 산천어의 씨가 마른 다음에도 산

천어 축제를 열 수 있을까? 한때 빙어잡이 축제로 흥청대던 다른 고장에서는 올해 축제를 앞두고 빙어가 안 잡혀 울상이라는데, 혹시 남획이 그 원인이 아닐까?

부모들이 자녀들에게 베푸는 자연교육이란 것이 고작 생명 경시여서는 안될 것이다. '체험교육'이라는 미명 아래 자연에 대한 테러를 가르쳐서는 안된다. '짜릿한 손맛'이란 바늘에 걸린 물고기의 사투에서 오는 고통의 대가이다. "나의 기쁨은 물고기의 고통이고, 나의 기쁨의 크기는 물고기가 겪는 고통의 크기"다. 이 말은 한때 '청렴 정치'를 내걸어 세계적인 반향을 불러일으킨 짬렁 방콕 시장이 한 말이다. 그는 가난한 집에 태어나 먹을 것이 부족하여 어렸을 때부터 낚시질로 물고기를 잡았다. 어느 날 그는 낚싯대에 매달려 버둥대며 딸려오는 물고기를 보고 문득 깨달음이 있어서 영원히 낚시를 그만두었다고 자서전에서 썼다. 지각 있는 어른이라면 어린이에게 물고기를 잡는 기쁨만 가르쳐 줄 것이 아니라 잡은 물고기를 다시 놓아주는 것이 더 큰 기쁨일 수 있다는 것도 깨닫게 해 주어야 한다.

언론이 아무 문제의식 없이 내보내는 보도가 자연 파괴와 자원의 씨 말리기를 조장한다는 사실도 미디어 종사자들이 알아야 한다. 물고기건 야생화건, 또는 곤충이건 미디어가 한번 나발을 불면 머지않아 그 씨가 마르는 사례를 우리는 너무나 많이 보아 왔다.

(2007. 1.)

한강이 호수 신세를 면하려면

수도 서울의 한복판을 지나는 한강은 강인가 호수인가? 강이다. 그러나 여러 개의 수중보로 물을 가두어 두었기 때문에 물에 잠기는 면적이 넓고 흐름이 완만하다는 점에서는 호수에 가깝다.

수상교통의 관점에서도 한강은 호수나 다름없다. 한강이 임진강과 만나 바다로 연결되는 교하 지역은 삼엄한 휴전선이다. 사람과 선박의 내왕이 끊긴 지가 반세기가 넘는다. 다른 나라의 강을 보면 크고 작은 각종 선박이 바삐 오가며 강을 뒤덮고 있다. 그러나 한강에는 잠실과 여의도 간 유람선이 가끔 다닐 뿐, 선박의 불모지대다.

잠실과 여의도 선착장에서 서해의 인천공항, 강화도, 용유도, 덕적도, 안면도까지 배편으로 갈 수 있으면 얼마나 좋을까? 이런 꿈이 이루어지려면 통일이 되어 한강의 물길이 터져야 한다. 그러나 통일의 날은 어림잡을 수 없다. 대안이 있다면 운하를 파서 바다와 연결시키는 일이다.

경인운하는 1965년부터 논의만 되어 오다 환경단체의 반대, 그리고 투자에 비해 효율이 떨어진다는 정부의 판단에 따라 2003년

추진이 중단되었다. 이 지역을 두 동강으로 자르게 된다는 점, 수도권 매립지의 오염된 물이 역류할 수 있다는 점 등이 환경단체의 반대 이유다. 그러나 이런 점은 기술적으로 극복할 수 있는 문제가 아닐까?

경인운하는 물류와 관광, 한강의 홍수 방지에만 기여하는 것은 아니다. 인간이 물을 좋아하는 것은 천성적인 것이고, 물과 함께 하는 주거지는 모두에게 인기가 있다. 운하 주변에 친환경적인 수변 신도시를 조성하면 주택문제도 해결하고 운하의 투자효율도 높일 수 있을 것이다.

실제로 영국의 운하 재활용은 새로운 친환경 주거지 건설이 선도하고 있다. 수도권의 획일적 주거 환경에 운치 있는 물의 도시가 하나가 생기는 것은 바람직한 일이다.

잠자던 경인운하 문제가 다시 현안이 되고 있다. 굴포천 유역 지속가능발전협의회가 경인운하 재추진 여부를 논의한다고 한다. 고려 고종 때와 조선조 중종 때도 논의되었던 이 운하는 이루지 못한 민족 숙원사업의 하나다. 21세기의 기술과 자본으로 이것을 실현할 길이 열릴 것인가? 한강이 호수 신세를 면하고 사람과 물자를 바다로 실어낼 날이 올 것인가? 귀추가 자못 궁금하다.

(2007. 1.)

중국 차가 달려온다는데

한국의 2006년도 자동차 수출액은 430억 달러였다. 수출 단일 품목으로는 6년 연속 1위다. 자동차 총생산 대수에서 한국은 미국, 일본, 독일, 중국에 이어 세계 5위다. 자동차 산업의 후발주자로서 대단한 도약이다.

그러나 우리 자동차 산업은 올해 크게 고전할 것으로 점쳐지고 있다. 환률, 고유가, 경쟁심화, 기술격차에 더하여 만성적인 노사 분규까지 모두 악재뿐이다. 여기에 후발주자들이 무섭게 추격해 오고 있다. 중국과 인도다.

중국의 지앙링 모터스(JMC)가 2005년 처음으로 유럽에 'Landwind' 라는 브랜드로 200대의 SUV를 선보였을 때 유럽 자동차 메이커들은 긴장했다. 그러나 독일 ADAC의 안전 테스트에서 안전성이 형편없다는 판정이 나오자 모두 그것 보란 듯이 모두 코웃음을 쳤다. 그러나 작년 가을 심양에 본거를 둔 브릴리언스 진베이 자동차는 유럽의 까다로운 검사기준을 모두 충족시킨 '중화(中華)' 브랜드 중형 세단차 3000대를 유럽에 상륙시켰다.

우리나라 쌍룡자동차를 인수한 국영상해자동차집단의 기세도 만만치 않다. 작년 10월 이 회사는 영국의 파산한 자동차회사 MG 로버사의 로버 75와 25의 제작권을 통째로 사들여 LOEWE 750이라는 독자적 브랜드로 홀로서기를 시작했다. 올해부터 중국 시장에서 이 모델을 팔기 시작하고 영국에도 45,000대를 수출할 계획이다. 또한 쌍룡차에서 얻은 기술로 다양한 SUV를 개발하는 것도 추진하고 있다.

중국의 자존심을 걸고 돌진하는 이 회사의 저돌성은 무섭다. 이 회사의 직원 중 500명은 폴크스바겐과 GM의 중국 진출 공장에서 기술을 익힌 사람들이다. 독일 폴크스바겐 본사의 기술자도 상당수 스카우트 해 왔고, GM 본사의 중국인 마케팅담당 부사장을 영입하기도 했다. 합작사를 차려 기술과 사람을 빼내고 이제 홀로서기를 하려는 것이다. 이들은 이른바 '개구리뛰기' 전략을 구사하여 기술과 특허와 디자인을 통째로 사들여 선두주자를 따라 잡으려 하고 있다. 현재의 내연기관 기술을 넘어 차세대 연료전기 하이브리드카로 바로 넘어간다는 전략도 세워 놓고 있다.

중국 자동차가 세계의 중저가 시장을 휩쓴다면 첫 제물은 현대-기아차가 될 것이다. 배부른 파업으로 작년에 2조 6천억 원, 올해 초 3,200억 원을 말아먹은 현대-기아차에 미래가 있을까?

(2007. 1.)

살 빼는 동포와 굶어 죽는 동포

2005년 우리나라의 곡물 총 공급량은 2,042만 톤이다. 이 중 순수 식용은 787만 톤이고, 778만 톤은 가축의 사료로 쓰였다. 사람이 먹은 양과 고기 생산을 위해 가축에게 먹인 양이 비슷하다. 남아서 이월한 곡물이 240만 톤이고, 나머지는 공업용 등으로 소비되었다.

북한이 한 해 필요한 곡물량은 약 400만 톤이다. 이 중 올 한해 모자라는 양은 줄잡아 100만 톤으로 추산된다. 한국의 연간 총 공급량의 5%만 있어도 북한 주민이 굶주림은 면할 수 있다는 계산이 나온다. 매년 이월하는 곡물재고량의 일부만 덜어내도 해결된다. 값이 비싼 국산 쌀 대신 톤당 300달러 정도인 태국산 쌀을 쓰면 3억 달러 정도로 문제를 해결할 수 있다.

벌써부터 북에서 굶주림과의 싸움이 시작되었다는 소식이 들린다. 평양 북동부 산악 구강마을에서는 46명이 혹독한 추위에 얼어죽은 시체로 발견되었고, 이밖에 300명 이상이 죽었을 것이라고 영국 선데이 텔리그라프의 세르게이 수호루노프 평양주재 특파원이 보도했다.

먹을 것이 있으면 최소한 얼어 죽지는 않는다. 희생자들은 굶주림으로 쇠약해진 데다 엄동을 만나 견디지 못했던 것 같다. 수백만 명 이상이 굶어 죽었던 지난날의 악몽이 올봄에 되풀이 될까 두렵다.

남에서는 너무 먹어서 다이어트 바람이 불고 북에서는 못 먹어서 귀한 인명이 죽어 가고 있다. 김정일의 무모한 핵놀음과 국제적 제재 사이에서 아무도 돌보는 이 없는 무고한 북한 동포만 희생되고 있다. 선거 정국으로 들어간 우리 국내 사정도 문제 해결을 더욱 어렵게 만들고 있다. 보수 계층의 표를 의식하여 정부와 여권에서 인도적 지원문제를 들고 나오기가 쉽지 않기 때문이다.

북한에 사용처가 불투명한 거액의 현금을 주는 것은 결코 되풀이해서는 안될 실책이다. 그러나 북한 동포의 생존과 직결된 긴급 식량원조와 식량증산을 위한 자재와 기술을 전하는 것은 '무작정 퍼주기'와는 구별해야 마땅하다. 식량은 통치자금으로도 핵개발 자금으로도 쓰일 수 없다. 수많은 북녘의 우리 동포가 남한의 가축의 처지만도 못한데, 우리가 그냥 구경만 할 것인가?

(2007. 1.)

걸어가는 세계화, 날아가는 세계화

"한 세대만에 삶의 질을 100배 향상시켜 세계화의 이득을 가장 많이 본 나라" – 래리 서머스 전 하버드대학 총장이 지난주 다보스 포럼에서 중국을 지칭한 말이다. 중국의 경제성적표는 찬란하다. 작년도 경제성장 추정치가 10.7%로 13년 만에 최고다. 수출은 올해 1조 달러를 넘어설 것으로 추정하고 있다. 외환보유고는 이미 1조 달러에 육박했다.

그러나 이러한 중국 경제에도 약점이 있다. 세계 4위의 수출대국이면서도 내놓고 자랑할 중국 고유 브랜드도 기업도 없다. 수출품의 55% 이상이 외국기업의 이름과 브랜드를 달고 수출된다. 아직도 국가 통제가 강하고 가족경영의 전통이 강한 중국의 자본주의는 유명 기업과 브랜드를 만들 단계까지 진화하지 못한 것이다.

유명 브랜드를 못 가졌기에 그들은 유명 브랜드 베끼기와 짝퉁에서 활로를 뚫는다. 그들의 베끼기와 짝퉁 만들기는 다시 세계화 바람을 타고 놀라운 진화를 거듭하고 있다. 중국인들이 선진국에 생산과 유통 거점을 만들고 중국의 싼 인력을 데려다 유명 브랜드의 베끼기와 모방으로 제품을 만들어 세계시장에 내다 파는 것이다.

중국인들의 패션 본고장 이탈리아 공략이 대표적 사례다. 독일의 주간지 슈피겔의 보도에 의하면 피렌체 북쪽의 전통적인 직물 도시 프라토에는 2천 개의 중국 기업체와 2만 5천 명의 중국인 근로자가 들어와 있다. 90년대부터 야금야금 들어온 이들은 중국인 인력의 저임금을 무기로 직물과 패션 사업을 벌여 번영을 누리고 있다. 파리와 밀라노에서 새로운 패션이 발표되면 중국 업체들은 삽시간에 이를 변형 복제하여 매이드 인 이탈리아 상표를 붙여 이탈리아를 비롯한 세계 각국에 팔아 치운다. 그들 나름으로 세계화를 영악하게 이용한 사례다.

세계화 바람 속에서 중국은 선진국과 중진국의 제조업 일자리를 빼앗아 갔고, 그 다음에는 선진국의 빈 공장과 틈새시장으로 진출한 것이다. 다음번 단계는 해외에서 축적한 소프트웨어를 다시 중국으로 가져가서 독자적으로 고급 브랜드를 만드는 것이라고 이 잡지는 전한다.

세계화는 선진국과 후진국의 빈부격차를 더욱 벌어지게 할 것이라고 좌파 경제학자들은 주장해 왔지만 중국의 사례에서 보듯이 그것은 틀린 주장임이 입증되었다. 우리의 세계화가 걸어가는 동안 중국의 세계화는 날아가고 있다.

(2007. 1.)

한강 유역도 중국 땅?

2002년 시작하여 5년간 추진해 온 중국의 동북공정이 지난달 끝났다. 동북공정이란 중국의 사회과학원과 동북 3성이 진행한 연구 프로젝트이다. 우리 국민들에게는 고구려사 왜곡 정도로 알려졌지만 그들이 숨은 속셈은 다른 데 있다는 것이 국내외 전문가들의 분석이다.

포항공대 박선영 교수는 동북공정은 간도 영유권 문제를 둘러싸고 앞으로 있을지 모르는 분쟁의 싹을 없애려는 것이며, 따라서 이 문제를 한·중·러의 변경 문제로 인식을 확대해야 한다고 주장한다.

역사 평론가 이덕일은 동북공정의 목표는 '한반도 북부사는 중국사'라는 것을 미국에게 알리기 위한 것이며, 이는 북한 유사시 북한을 미·러·중 공동관리가 아닌 중국단독관리를 주장하기 위한 사전 정지작업이라는 것이라고 주장했다. 그는 동북공정 18개 연구과제의 요약본에서 '한강 유역도 중국 땅'이라는 주장이 실린 것으로 보아 우려는 현실이 되었다고 지적한다.

이런 맥락에서 중국통인 릴리 전 주한 미국대사의 지난달 18일

미국하원외교위원회 증언을 주목할 필요가 있다. 그는 "중국이 동북공정을 통해 북한 땅의 절반 이상을 중국 땅이라고 주장하고 있는 부분에 대해 미국이 눈여겨 봐야 한다"고 말했다. 그는 또 "중국이 북핵문제 해결에 시간을 질질 끄는 것은 북한이 무너지면 진입하려는 것"이라고 주장했다.

릴리대사는 이날 증언의 서두에서 미국의 보수파들에게 가장 널리 읽히는 논객의 한 사람인 로버트 카플란을 인용했다. 그런데 공교롭게도 카플란도 북한이 붕괴하면 중국은 북한으로 진주할 것이며, 최소한 두만강 하구 북한과 러시아의 접경에 완충지대를 확보한 다음에야 물러설 것이라고 내다보았다. 그의 이런 주장은 월간 애틀란티스 작년 10월호에 실려 있다.

만주지역에 철도, 도로, 항만 등 대규모 인프라 투자를 하면서 동진정책을 추진하고 있는 중국이 가장 아쉬운 것은 태평양으로 나가는 관문이다. 미국 정부의 최고급 정보에 접근할 수 있는 카플란인지라 그의 주장은 무게가 있다.

이런 분석들을 살펴볼 때 동북공정을 단순한 역사 왜곡 문제로만 보는 것은 핵심을 외면하는 일이다. 그것은 한민족 생활권의 문제이며, 그것도 한반도 북쪽 절반이 관련된 문제이다. 국가적 차원에서 민족의 중장기 장래를 내다보면서 큰 그림을 보고 포석을 해야 할 때다.

(2007. 2.)

핵에너지만이 대안이라면

지난주 발표된 기후변화에 대한 유엔의 보고서는 지구온난화의 주범은 인간임이 90% 확실하다는 평결을 내렸다. 앞으로 온실가스 배출에 전 세계가 최대한 노력을 하더라도 지구온난화와 해수면 상승은 수세기 동안 계속될 것이라는 우울한 전망도 나왔다. 그러나 중국과 인도를 비롯한 후발국의 공업화가 진전될수록 배출가스는 줄기는커녕 오히려 더욱 늘어날 것이다. 중국에서는 지금도 매주 한 개꼴로 발전소가 새로 가동하고 있으며, 500개가 건립 중이다.

닥쳐올 불볕더위와 가뭄, 폭풍과 해수면 상승을 극복하고 인간이 살아남을 길은 없는가? 영국의 환경운동가 제임스 러브스틱은 핵 에너지만이 유일한 대안이라고 제안한다. 이런 주장을 담은 그의 저서 『가이아의 복수』(The Revenge of Gaia)가 지난달 발간되어 주목을 끌고 있다. 러브 스틱은 자기가 발명한 측정기를 이용하여 처음으로 지구 오존층의 파괴를 입증한 과학자며, '가이아 가설'을 만들어 지구시스템과학의 기초를 놓은 석학이다.

그는 "지구 온난화가 가져올 재난은 핵전쟁보다 더 파괴적일 것"

이라면서, 배출량의 부분적인 감소노력과 배출권의 거래, 풍력발전과 바이오 연료 등 대체에너지는 언 발에 오줌 누기에 지나지 않는다고 보았다. '지속 가능한 발전' 이니 '재활용 에너지' 라는 것도 허울 좋은 넌센스라는 것이다. 그는 이런 것들을 '녹색낭만주의' 라고 규정했다. 닥쳐올 재난을 가능한 기술을 이용하여 극복하려면 우선 이런 녹색낭만주의부터 극복해야 한다고 주장한다.

핵발전에는 물론 위험부담이 따른다. 그러나 수천 명의 체르노빌 원전사고 희생자는 수백만에서 수천만에 이를 기상재난 희생자에 비하면 값싼 대가라는 것이 러브스틱의 주장이다. 매년 대기 중에 버리는 300억 톤의 이산화탄소에 비할 때 부피가 작은 핵폐기물의 처리가 훨씬 쉽다는 것이다. 심지어 그는 핵폐기물에서 나오는 열량을 그대로 버릴 것이 아니라 이용해야 한다면서, 핵폐기물을 준다면 자기 집 뒷마당에 묻고 거기서 나오는 폐열을 난방에 사용하겠다고까지 말한다.

핵에 대한 정서 때문에 지금 전 세계가 핵발전소 건립을 거의 중단한 상태다. 중국만이 20개의 핵발전소를 새로 지을 계획을 세워놓았다. 지구를 살릴 마땅한 대안이 없다면 이 원로 석학의 충고를 귀담아 들을 필요가 있다. 에너지 소비가 폭발적으로 늘어나고 있는 우리네 실정에서는 더욱 그렇다.

(2007. 2.)

황사의 계절이 오는데

반갑지 않은 대륙의 손님, 황사가 날아오는 계절이 오고 있다. 겨울이 예년보다 따뜻했던 올해에는 황사가 예년보다 더 심할 것이라고 한다.

황사는 이 땅에 유구한 세월 불어 왔다. 일본의 역사소설가 시바 료타로는 70년대 초 우리나라 부여를 여행하면서 비포장도로에서 지독한 황토먼지를 만났다. 그는 "이 황토먼지의 고향은 고비사막이거나 중국 산서성이나 섬서성의 황토지대일 것이다. 일본인들이 애지중지하는 조선 막사발 속에도 이 황진이 섞여 있을 게 틀림없다"고 기행문에서 썼다.

그의 말대로라면 요즘 건강식품의 원료로 사랑받는 황토는 바람이 날라다 준 외래품인 셈이다. 학자들의 연구도 그의 주장을 뒷받침하고 있다. 이 땅으로 날아오는 황사가 토양의 산성화를 막아주고 바다에 영양을 공급하는 좋은 역할을 한다는 것도 전문가들은 밝혀냈다.

그러나 요즘은 사정이 많이 달라졌다. 우선 황사의 발생 빈도도 늘고 양도 많아지고 있다. 중국의 사막이 매년 1만 5천 평방킬로미터씩 늘어나 황사 발생원이 그만큼 커졌고, 기상 이변이 잦아졌기 때문이다. 독성도 강해졌다. 세계 최대의 오염배출국인 중국의 공장과 석탄발전소와 차량이 뿜어내는 배출물이 황사와 결합하기 때문이다.

유독성 황사는 5~8일 만에 태평양을 건너가 북미 서해안까지 날아간다. 2001년에는 그랜드 캐넌 일대가 황사의 내습을 받았으며, 미국인들도 황사 문제를 심각하게 보기 시작했다. 그곳에서는 황사를 아시아 먼지(Asian dust)라고 부른다.

황사의 가장 큰 피해자는 한국과 일본이지만 문제가 워낙 거창하기에 효과적인 대책을 마련하기 쉽지 않다. 중국의 산업공해물질 대기 배출을 근본적으로 막을 방법은 없다. 그러나 신강성과 내몽골의 사막이 더 커지는 것을 막기 위한 노력에는 상당한 성과를 낼 수도 있을 것이다.

이미 우리나라 NGO들은 오래전부터 황사 발생지대에서 나무심기 운동을 벌이고 있다. 이제 우리 정부가 보다 적극적으로 나서봄 직하다. 한국은 세계에서 유례가 드물게 산림녹화에 성공한 나라다. 또 리비아에서 대수로 공사를 펴서 사막을 옥토로 바꾼 기술력을 지닌 나라다. 우리 정부가 앞장서서 한·중·일 세 나라의 협력을 이끌어 내면 황사 피해를 줄이는 데 큰 성과를 거둘 수 있을 것이다. 국민감정 충돌이 잦은 세 나라가 모처럼 좋은 협동 모델을 만들 수 있는 분야가 아니겠는가.

(2007. 2.)

'혼혈'이란 말은 가라!

한국인 어머니와 함께 방한한 수퍼모델 우르슐라 메이스 관련 언론보도에 늘 따라다니는 말이 있다. '한국계 혼혈모델'이란 수식어다. '혼혈'이란 말이 매우 거슬리는데 이 말은 긍정적이건 부정적이건 인종주의적 색깔이 담긴 말이다. 영어로 기사를 썼다면 결코 'mixed blood'(혼혈)이란 단어를 쓰지 않았을 터이다.

우르슐라 메이스나 미식축구의 하인즈 워드는 모두 자랑스러운 한국계 스타다. 반면 이 땅에는 차별과 냉대 속에서 살아야 하는 국제결혼 자녀들이 많다. 주한 미군 자녀도 있고, 이 땅에 시집 온 7만 명에 이르는 외국인 새댁의 자녀도 1만 명에 이른다. 이들 중 대부분에게 '혼혈'은 프라이버시에 속하는 사항이고 그것을 들추어내는 것은 상처를 주는 짓이다.

우리 신문은 기사에 나오는 인물 이름 뒤에 나이를 괄호로 묶어 붙인다. 이전에는 괄호 안에 직업을 넣기도 했고, 그 보다 더 이전에는 거주지까지 넣은 적도 있었다. 이런 우리 신문의 생리인지라 사람 이름에 종족적 유래를 밝히고 싶어 하는 것이 당연지사일지 모른다. 그러나 이것은 모두 버려야 할 버릇이다.

인종주의에는 여러 얼굴이 있다. 자기 종족을 최우선시하는 '끼리끼리' 주의는 때로 옹졸한 민족 지상주의와 파시즘으로 치닫는다. 외국인 배척과 인종 간 결혼에 대한 편견은 종족 우선주의와는 표리관계다. 한국인에게 유난스러운 순혈주의도 인종주의의 한 얼굴이다. 그 때문에 불우하게 태어난 이 땅의 많은 어린이들이 해외로 나가야만 했다.

한국이 외국인들에게 살기 힘든 나라가 된 데는 우리의 인종적 편견도 큰 몫을 했음을 부인하기 어렵다. 서울은 외국인들의 커뮤니티가 가장 발달이 안된 도시다. 화교들은 모두 쫓겨나다시피 했다. 미군들에게 한국 근무는 이라크 근무보다 인기가 없는 근무지라고 한다. 아시아에서 평생 일하다가 은퇴하는 서양인에게 한국은 노년에 눌러앉아 살고 싶은 나라가 아니다.

유학과 여행과 사업으로 세계화 시대의 개방성을 가장 잘 이용하는 한국인이지만 막상 한국 사회는 외국인에게 문이 반쯤만 열린 사회이다. 닫힌 사회가 세계적인 금융 허브를 꿈꾸고 물류 허브를 노린다는 것은 모두 허망한 욕심이다. 이는 자본이나 재능을 가진 외국인이 벽을 느끼지 않고 편하게 살 수 있는 나라를 만들어야만 가능한 일이다.

(2007. 2.)

한국 음식을 세계화하려면

중국의 젓가락은 일본 것보다 5센티쯤 길다. 우리의 전통 젓가락은 중국 것과 일본 것의 중간쯤 된다. 젓가락 길이처럼 우리 음식 문화는 개성이 강한 중국과 일본 문화 사이에 끼어 제 색깔을 내기가 쉽지 않다.

중국요리는 세계를 제패했다. 뉴욕과 파리에는 중국식당이 각각 5천 개와 2천 개가 있다. 영국에는 1만 개, 일본에는 5만 개가 넘는 중국음식점이 있다. 중국식당은 전 세계 화교들의 대물림 철밥통 구실을 하고 있다. 일본식당은 대체로 값비싼 하이엔드 요리로 통했으나 최근 유럽에서는 생선초밥을 햄버거처럼 가볍게 사 먹을 수 있는 스시 체인점도 많이 생겼다. 미국인에게도 생선회와 스시를 먹을 줄 안다는 것은 포도주를 고를 줄 안다는 것만큼 고급 취향과 넉넉한 경제력을 뜻한다.

여기에 비할 때 한국음식의 국제적 위상은 다소 초라하다. 태국과 베트남 음식에도 뒤지는 실정이다. 교민 사회의 규모가 큰 미주 지역에는 수준급의 식당이 많다. 그러나 교민 사회의 규모가 작은 유럽 등 다른 지역의 한국식당과 음식은 대부분 수준 미달이다. 아마추어 요리사가 만든 국적 불명의 요리가 나오기 일쑤이고, 식기류와 실내장식도 도무지 한국음식점다운 특성이 없다. 게다가 많은 경우 시끄럽고 지저분하다. 외국인이 "나도 한국음식을 먹어 봤다"고 하면 그 사람이 어디서 어떤 한국음식을 먹어 본 것인지 걱정이 앞설 때가 있다. 수준급의 한국식당이 매우 드문 것은 우리가 진작 해야 할 일을 못했기 때문이다.

다행히 내년부터 문광부가 해외의 한국음식점에 대한 야심찬 지원 프로그램을 실시한다는 소식이 들린다. '한식 아카데미'를 개설하여 매년 100명의 해외 한식당 요리사를 초청하여 교육을 하고, 우수 한식당 인증제를 도입한다는 것이다. 또 현재 3,800군데에 불과한 한식당을 두 배로 늘리는 계획도 세우고 있다.

한국식당의 해외 진출은 일자리 만들기와 문화 선양의 두 토끼를 잡는 일이다. 모처럼 좋은 사업에 착안했으니 큰 성과를 거두기를 바란다. 좋은 요리사를 훈련하는 것 못지않게 유능한 경영자를 양성하는 것도 중요하다. 한국음식의 수준을 개선하는 것도 중요하지만 한식당의 표준 인테리어, 표준 식기류도 제정하여 지원하는 것도 바람직하다. 인증제에서 더 나아가 등급제의 도입도 고려할 필요가 있다. 아울러 뜻있는 분들이 이 분야에 많이 진출하였으면 한다.

(2007. 2.)

올해 대선의 변수 '이태백'

20대 후반의 백수, 이른바 '이태백'이 107만 명으로 사상 최고 수준에 육박하고 있다. 3명 중 1명이 일자리 없이 놀고 있다는 것이다. 우리 사회가 함께 풀어야 할 어려운 문제다. 정치안정, 사회안정뿐 아니라 인구유지, 노령화 사회준비와 같이 나라의 장단기적인 모든 문제가 관련되어 있기 때문이다.

문제는 고용의 극심한 양극화 현상이다. 많은 젊은이들이 취업하고 싶어 하는 대기업은 사원 선발에서 이른바 글로벌 스탠다드를 추구한다. 인원은 반으로 줄이고 2배의 월급을 주어 2~3배의 생산성을 얻어 내려 한다. 이 범주에 들어가는 인력은 높은 전문지식으로 무장하고 우수한 두뇌를 지닌 이른바 '잘 나가는 젊은이들'이다. 이들은 남들의 부러움을 사지만 사생활을 거의 포기할 정도로 엄청난 업무량에 시달린다. 그러다보니 자진하여 실업의 길을 택하거나 직장을 그만두고 진학과 유학 등 자격 업그레이드 프로그램을 하는 젊은이들도 많다.

반면 과거에 많은 사람을 고용하던 중소기업과 제조업의 일자리는 중국 등에 빼앗겨 버리고, 그나마 국내에 남아 있는 일자리는 젊은이들의 기대치에 못미쳐 외면당하고 있다. 그 공백을 외국인 노동자 군단이 들어와 채우고 있다. 우리 사회의 소비 패턴이 주로 외국산인 최고가품과 최저가품으로 양극화되고 국산 중저가품이 크게 위축되고 있는 것처럼, 고용구조에서도 중간지대가 크게 줄어들었다. 이것은 우리나라만이 겪는 문제는 아니다. 세계화가 OECD 국가에 가져다 준 달갑지 않은 선물이다.

'이태백'의 문제는 우리 선거에서 큰 변수가 될 것이다. 이들은 미래 일자리에 대한 그럴 듯한 복음을 들려주는 후보에 쏠릴 것이고, 그것이 선거 결과를 크게 좌우할 것이다. 우리와 비슷한 선진국형 청년실업병을 앓고 있는 독일의 경우에도 청년실업자들이 극좌에서 극우로 변덕스러운 표쏠림 현상을 일으키고 있는 것이 관찰된 바 있다.

지난번 대통령 선거가 있던 2002년은 '이태백'의 수가 사상최대에 이르렀었다. 많은 젊은이들이 노무현 후보의 세대교체 이미지와 포퓰리즘에서 미래를 찾고자 한 것이 선거의 대세를 결정했다는 것이 정설이다. 이번 선거에도 집단 유동성이 매우 강한 이 계층을 노린 선전선동이 판을 칠 가능성이 있다. 감언이설에 현혹되지 않고 올바른 지도자를 뽑아야만 오늘의 이 어려운 문제를 제대로 풀 수 있을 것이다.

(2007. 2.)

산속의 나무, 마을의 나무

남이섬과 외도, 오동도와 보길도는 사람들의 사랑을 많이 받는 섬이다. 이 섬들은 모두 울창한 숲으로 덮여 있다. 선견지명이 있는 분들이 나무를 심어 가꾸고, 있는 나무를 잘 보존했기에 이 섬들은 우리들 마음속에 작은 이상향으로 새겨진 것이다.

하동과 쌍계사, 익산과 군산 사이의 벚나무길이나 광양의 매실나무 농원도 마찬가지다. 모두 먼 앞날을 내다본 분들이 벚나무와 매실나무를 심었기에 전국의 상춘객들이 다투어 꽃을 보러 가는 명소가 되었다.

성경의 에덴동산은 과일이 지천으로 널려 있는 숲이다. 페르샤 어원의 파라다이스도 물이 있는 울창한 숲을 뜻한다. 인간은 본능적으로 숲과 물을 사랑한다. 그래서인지 모든 아파트 분양광고를 보면 숲과 물을 즐겨 동원한다. 한 건설업체의 아파트는 서울시가 뚝섬에 조성한 '서울숲' 인근에 있다는 입지조건 때문에 사상 최고가로 분양되었다.

이처럼 나무와 숲이 만들어 내는 부가가치는 엄청나다. 남이섬과 외도의 사례처럼 관광산업을 일으키고 일자리를 만들어 낼 수도 있다. 그러나 우리는 이런 숲의 잠재적 가치를 충분히 이용하지 못하고 있다. 오히려 도시를 넓혀 나가면서 아까운 숲을 서슴없이 깎아 뭉개고 있다. 녹지가 없는 도시는 여름이 되면 견디기 힘든 찜통이 된다. 지구온난화로 도시의 열섬현상은 더욱 심해질 것이다.

우리의 나무심기운동도 이제는 방향을 크게 전환할 때가 되었다. 한국의 산림녹화는 세계적인 성공사례가 되었다. 이제 산을 가꾸는 일은 전문 육림가에게 맡기고 국민들의 일상적인 생활공간에서 나무심기를 해야 할 때다. 산속의 나무 한 그루와 마을의 나무 한 그루는 효용가치나 부가가치가 크게 다르다. 나무심기가 산지에서 평지로 내려오고, 마을과 도시 속으로 들어와야 할 필요가 있다.

숲이 되기를 기다리는 땅은 우리 국토에 얼마든지 있다. 크고 작은 모든 도로와 하천 제방은 꽃나무길이 될 수 있다. 횟집과 모텔들이 을씨년스럽게 들어선 우리의 기나긴 해안선도 해송 우거진 숲을 잘 가꾸면 전혀 다른 모습이 될 것이다. 남해의 다도해는 나무만 좀 더 풍성해지면 세계에서 가장 아름다운 바다가 될 수 있다. 철근콩크리트 구조물과 얽혀 살벌한 한강도 제방과 둔치를 따라 숲을 조성하면 테임즈강, 라인강, 포토맥강 부러울 것이 없게 될 것이다. 도시의 나무심기는 우리 세대가 후손에게 물려줄 가장 확실하고 귀한 선물이 될 것이다.

(2007. 3.)

1,600만 대로 늘어난 자동차

  우리나라에 들어온 최초의 자동차는 1901년 미국인 사진가 버튼 홈즈가 탔던 차다. 그는 한강으로 사진을 찍으러 가기 위해 이 차를 타고 돈의문(서대문)을 나서다 소달구지와 충돌하는 사고를 냈다. 사고 장면을 담은 사진이 증거로 남아 있다.

  두 번째 차는 1903년 고종황제 즉위 40주년 기념으로 들여온 포드 A모델인데, 노일전쟁 중에 어디론가 사라져 버렸다. 세 번째 자동차가 들어온 것은 1908년 프랑스 공사가 가져온 1기통짜리 프랑스제 자동차였다.

  한국의 자동차 역사를 쓴다면 미국인 기업가 W. W. 테일러를 빼놓을 수 없다. 1911년 그가 로얄 아시아협회의 한국지부 기관지인 「Transactions of the Korea Branch」에 기고한 글을 보면 이 땅의 자동차는 한 손의 손가락으로 모두 셀 수 있었다고 했다. 고종황제의 두 번째 차와 데라우찌(寺內) 총독의 차, 프랑스 공사의 차, 그리고 한국인 부호가 수입한 미국제 페이지 승용차 두 대가 전부였다.

  테일러는 조선에서 자동차사업을 하기 위해 포드 T모델을 여러

대 들여다 Ori & Co 회사를 세웠다. 포드를 몰고 처음 가 본 곳은 춘천이었다. 진흙탕에 빠진 차를 소를 빌려다 끌어내기도 하고, 그 것도 안되면 자동차를 분해하여 옮겨다 다시 조립해가면서 일주일 쯤 걸려 춘천에 도착했다. 경원선의 평강역에서 금강산의 장안사 까지 자동찻길을 개척한 사람도 테일러다. 그가 차를 몰고 나타나 면 '하루에 만 리를 가는 괴물'을 보기 위해 사람들이 구름처럼 몰 려들었다.

1923년, 그는 처음으로 남한을 자동차로 일주했다. 그해 늦가을 서울을 출발하여 광주, 목포, 순천, 부산을 거쳐 서울로 되돌아오는 여행은 두 달이 걸렸다. 길도 나쁜 데다 사업상 여러 사람들을 만나 고, 또 사냥도 하면서 다니느라 이처럼 오래 걸렸던 것이다.

그는 자동차 애호가들에게 하루 드라이브 코스로 서울 – 수원 – 이천 – 광주 – 서울 코스를 추천했다. 1박 2일 코스로는 서울 – 수원 – 이천 – 여주 – 원주 – 춘천 – 서울 코스를 권했다. 또 경치가 좋은 길로는 서울 – 원주 – 강능 도로와 광주 – 순천 도로를 들었다.

우리나라 자동차 등록 대수가 지난달 1,600만 대를 넘었다. 국민 3명당 1대꼴이다. 테일러가 갔던 전국일주 코스도 마음먹으면 하 루에 주파할 수 있을 정도로 도로사정도 좋아졌다. 뿐만 아니라 한 국은 세계 5위의 자동차생산 국가가 되었다. 격세지감이란 이럴 때 쓰는 말인 것 같다.

(2007. 3.)

등산화 한 켤레가 다 닳도록 걸으면

산에 오르기 좋은 계절이 왔다. 등산은 우리나라의 국민스포츠다. 배낭과 등산화가 없는 집을 찾기란 텔레비전이 없는 집을 찾기만큼 어려울 것이다. 등산화 한 켤레가 다 닳도록 걸으면 웬만한 병은 다 고친다는 말이 있다. 텔레비전 앞 소파에 누워 있는 사람들을 산으로 가게 만들면 병원 수입은 줄겠지만 국민의료보험 재정은 훨씬 좋아질 것이다.

산길을 걷는 것은 우리나라뿐 아니라 세계적인 대중 스포츠다. 미국의 백패킹, 영국의 힐 워킹, 뉴질랜드의 트램핑, 프랑스의 랑도네, 독일의 반데룽, 스칸디나비아의 오리엔터링, 히말라야의 트레킹은 모두 자연 속을 걷는 스포츠다.

앞선 나라에서는 이런 스포츠에 대한 코스개발과 편의시설이 잘 되어 있고 참가자를 돕는 관련단체의 활동도 활발하다. 그러나 우리나라 시민들의 산악 활동은 국민스포츠에 걸맞은 지원과 관리를 받지 못하였다. 국립공원관리공단과 지방자치단체가 관련시설과 등산로 관리를 하는 정도가 고작이었다.

산악활동 인프라가 부족하고 정보가 빈곤하다 보니 잘 알려진 곳으로만 사람들이 몰린다. 이른바 명산으로 알려진 곳은 너무 많은 등산인파가 너무 많이 몰려들어 환경파괴가 심하고 쾌적성도 크게 떨어진다. 백두대간 종주에 참가하는 사람들이 날로 늘면서 코스 전체가 심한 몸살을 앓고 있다는 지적도 자주 나오고 있다. 사람의 발자국의 파괴력은 생각보다 엄청나다. 산악활동은 장려하되 인파를 효율적으로 분산하는 대책이 필요하다.

산림청이 지난주 내놓은 종합적인 등산지원정책과 사업계획은 이런 문제 해결에 도움이 될 듯하여 반갑다. 1만 8천 킬로에 이르는 전국의 등산로를 국가, 지방, 지역 등산로로 나누어 관리하고, 백두대간과 9개 정맥 등산로는 국가등산로로 지정하여 시설을 관리한다는 것이다. 또한 정밀실사를 통해 국가표준등산지도를 만들어 구간별 산행정보와 지역문화정보를 제공한다는 것이다. 10년간 2400억 원을 들이는 큰 사업이다.

내친김에 산길뿐 아니라 영남대로, 호남대로 등 조선시대의 옛길을 따라가는 도보 여행 트레일도 만들었으면 한다. 대관령과 구룡령의 옛길도 되살리면 좋은 도보여행 코스가 될 것이다. 이웃 나라 일본의 '걷고 싶은 거리 지정운동'도 눈여겨 볼 만하다. 전 국민이 오르고 걷고 달릴 곳이 늘어나면 굶거나 약을 먹어 살을 빼고, 재미없는 런닝머신 위를 달리는 사람이 줄어들지 모른다.

(2007. 3.)

대통령 후보와 영어

　우리나라 부모들의 영어교육열은 열성을 넘어 극성에 이르고 있다. 조기유학 열풍은 물론이고, 기저귀 찬 아기에게 영어 테이프를 듣게 하고, 다투어 영어유치원에 보낸다. 해외유학생은 18만 명에 이르고 유학비용으로 연간 48억 달러를 쓴다. 영어가 지배하는 세상에서 영어를 해야만 미래가 있다고 믿기 때문이다.

　이처럼 영어에 미래를 거는 우리 국민이지만 나라의 장래를 책임진 대통령을 뽑을 때는 후보의 영어능력을 그다지 문제 삼지 않았다. 유권자가 관심이 없었다기보다는 미디어와 시민단체가 이 문제를 거론하는 것을 터부로 여겨 왔다. 거론 자체가 특정 후보의 편을 드는 것이 되는 민감한 사안이기 때문일 것이다. 과연 이 문제는 앞으로도 계속 터부로 남겨 두어야 할까?

　물론 영어를 못해도 대통령직을 수행할 수는 있다. 역대 많은 대통령이 그랬다. 영어를 자유롭게 구사한 대통령은 이승만과 최규하 대통령뿐이다. 그밖에는 노태우 대통령이 준비된 영어원고를 상대방이 알아들을 만큼 읽어 내는 수준이었고, 독학으로 영어를 익힌 김대중 대통령은 발음은 나빠도 필요한 의사 표현을 할 수 있었다.

대통령에게 영어 구사능력은 충분조건이지 필요조건은 아니라는 데는 동의한다. 그러나 영어를 잘 구사하는 것은 의사소통 문제에 그치는 것이 아니라 세계화 시대를 이해하고 적응하는 능력이기도 하다. 대통령이 이런 능력을 가지고 있으면 국익을 위해서 매우 유익하게 쓰일 수 있을 것이다. 싱가포르의 기적을 만들고 발전시켜 온 이광요와 그 후임 수상들의 경우가 이를 잘 대변해 주고 있다.

APEC이나 ASEM, 또는 ASEAN+3 정상회담 등 주요한 국제무대에서 많은 정상들은 자유롭게 영어로 의사소통을 한다. 유럽연합의 국가 원수들끼리는 서로 퍼스트네임을 불러가며 교류를 한다. 역대로 한·중·일 세 나라 지도자의 영어 구사능력이 가장 뒤진다는 것은 잘 알려진 일이다.

이제 우리도 이 문제를 더 이상 덮어 두지 말고 대통령 후보의 영어를 포함한 대외활동능력을 공론화하자. 너무나 큰 국익이 달려 있느니만큼, 외면하기에는 너무 큰 사안이다. 대한민국은 경제능력을 비롯해 모든 부문에서 세계 상위 10위권에 있는 당당한 나라이다. 나라의 격에 맞는 대접을 받고 발언권을 행사하기 위해서도 국제적 감각과 교섭 능력을 갖춘 대통령을 뽑을 때가 되었다고 본다.

(2007. 3.)

발자국만 남기고 오라

산길을 걷다 보면 가끔 땅이 파헤쳐진 곳이 눈에 띈다. 누군가가 꽃이나 나무를 캐 간 흔적이다. 껍질이 몽땅 벗겨져 말라죽어 가고 있는 허깨나무도 보인다. 간 질환에 좋다는 속설을 믿고 누군가가 벗겨간 것이다. 지난날 동해안 백사장을 장식하던 해당화는 그 뿌리가 당뇨에 특효라고 믿는 사람들이 모두 캐 가서 지금은 눈을 씻고 찾아보아도 볼 수 없다. 사람들이 이런 일을 무심하게 저지르고 그것이 계속 쌓여 우리 주변의 산에는 그렇게 흔하던 도라지조차 없는 메마른 산으로 변하고 있다. 이러다 보니 야생화 동호인들이 폭발적으로 늘어나고 있지만 이들이 자생식물을 관찰하러 갈 곳은 점점 줄어들고 있다.

이런 일을 직업 삼아 하는 사람들도 있다. 작년 여름 희귀 식물인 솔나리의 군락지를 찾았다가 그곳의 솔나리가 씨가 마르도록 대량으로 캐 간 것을 발견한 적이 있다. 솔나리는 환경부가 지정한 멸종위기식물 64종 중 하나이며, 야생동식물보호법에 의해 불법 채취와 유통이 엄격히 금지된 식물이다. 그러나 법은 멀고 단속의 손길이 산속까지 미치기는 어렵다. 희귀 식물을 보려면 자생지로 갈 것이 아니라 꽃시장으로 가라는 우스갯소리도 있다.

　몰지각한 사람들만 있는 것은 물론 아니다. 멸종 위기의 풍란을 인공으로 복원한 사례도 있다. 진도의 풍란보존시민단체와 환경기술진흥원은 관매도에 마지막으로 남은 두 그루의 풍란을 인공증식한 1만 5천 그루를 섬 곳곳에 이식하는 사업을 작년에 끝냈다. 후대를 위해 전국의 깊은 산에 산삼의 씨를 뿌리는 일을 하는 모임도 있다. 모두 마음을 훈훈하게 해 주는 이야기다.

　이 땅의 자생식물은 우리 세대와 자손 세대가 공유해야 할 자연자원이다. 동서양을 막론하고 자연을 찾는 사람들이면 누구나 지켜야 할 세 가지 수칙이 있다.

　발자국만 남겨라 (Leave nothing but footprints),

　사진만 가져가라 (Take nothing but photos),

　시간만 죽여라 (Kill nothing but time).

　그 외에는 아무것도 남기지도, 가져오지도, 죽이지도 말자.

(2007. 3.)

노동조합의 황혼

선진국의 노동운동은 지금 존망의 기로에 있다.

『부(富)의 이동』이라는 베스트셀러를 쓴 독일의 주간지 슈피겔의 가보르 슈타인가르트 편집장은 "노동조합은 죽었다. 사망이 공식으로 발표되지는 않았지만 관련자들이 모두 이를 비밀에 붙이고 있어 비극이 더욱 가중되고 있다."고 주장한다.

선진국 노조를 사망으로 몰고간 것은 세계화다. 아시아의 12억 저임 노동력이 세계화의 물결을 타고 새로 노동시장에 들어온 것이다. 선진국 기업은 노조가 없고 임금이 싼 곳으로 생산기지를 옮겼다. 노동조합은 이제 경영자를 압박할 수단을 잃었다.

미국 노조는 2차대전 직후 전성기에 1700만 명의 조합원과 조합 가입률 40%를 자랑했다. 그러나 지금은 노동자의 조합가입률은 8%에 불과하고, 미국 근로자의 85%는 임금단체협약이라는 것이 무엇인지 모르고 있다.

한해 2000회의 파업을 예사로 알던 영국노조는 80년대에 '철의 여인' 대처수상과의 대결이 끝난 후 조합원수가 반으로 줄었다. 프랑스 노조는 조합원이 2백만 명으로 줄어들었고, 조합 가입자 대부분은 공공부문 종사자들이다. 민간부문 근로자의 95%는 비조합원이다. 강력하기로 정평이 있었던 이탈리아 노조는 노인들의 사교클럽으로 전락했다는 평을 듣고 있다. 독일 노조는 지난 10년간 250만 명의 조합원을 잃었다. 독일 대기업은 노조가 강하게 나오면 공장을 동유럽으로 옮기겠다고 협박한다.

약화된 선진국 노동조합은 이제 노동자들을 보호할 힘도 없고 싸울 투지도 잃었다. 미국과 유럽 노동자 모두가 근무시간은 길어지고 임금은 잘된 경우 제자리걸음이고 삭감된 경우도 적지 않다.

선진국 노조의 오늘은 바로 우리 노조의 내일이다. 이미 우리 제조업의 공동화는 빠르게 진척되고 있다. 이제 노조가 붉은 머리띠 매고 주먹을 휘둘러 기업을 해외로 내쫓고 투자의욕을 짓밟을 때가 아니다. 공멸의 길을 택할 것이 아니라 대화와 타협으로 상생의 길을 택해야 할 때다. 기업이 없으면 일자리도 투쟁할 대상도 없어진다.

이런 상황에서 이석행 민노총위원장이 올해 임단협 투쟁에서 총파업을 자제하겠다는 선언은 주목을 끈다. 작년에만 13차례나 총파업을 했고, 1995년 창립 이래 12년간 총파업 개근을 한 민노총이다. 큰 변화가 아닐 수 없다. 이석행 민노총위원장의 현실주의적 대화 노선이 우리 노동운동의 전환점이 되기를 간절히 바란다.

(2007. 3.)

바보야, 문제는 물과 공기야!

"농업은 평화로운 산업이다." 이게 사람들의 통념이다. 그러나 강원도 고랭지 채소밭을 보면 농업도 공업이나 도시화 못지않게 환경에 큰 위협이 될 수 있다는 것을 알 수 있다. 너무나 경사진 곳에 밭을 일구고, 엄청난 물과 비료와 농약을 퍼부어 채소를 키운다. 비가 올 때마다 농약과 비료에 절은 흙이 씻겨 내려가 하천을 오염시키고 댐을 흙탕물로 채운다. 빙어가 살 수 없는 소양호의 흙탕물, 전 국민의 사랑을 받는 동강을 죽음의 강으로 만들고 있는 도암댐의 탁수는 그 주범이 고랭지 채소밭이다.

이런 고랭지 채소밭은 한강의 발원지인 검룡소 바로 아래부터 이어진다. 갈수기에 검룡소에서 흘러내린 물은 흔적도 없이 사라진다. 배추밭 스프링클러를 돌리기 위해 펌프로 퍼내서 계곡물이 마른 것이다. 백두대간의 큰 봉우리 중 하나인 매봉산(1302m)은 정상 부근까지 고랭지 채소밭이 올라가 있다.

발원지에서부터 오염된 한강으로, 샛강들이 공업폐수와 생활하수를 퍼붓는다. 경안천을 끼고 있는 용인, 이천, 광주 일대에는 고밀도 아파트 단지와 공장들이 하루가 다르게 스카이라인을 바꾸어 놓고 있다. 경안천의 물은 팔당호 유입량의 1.6%에 불과하지만 오염 비중은 16%나 된다. 남양주와 가평의 대단위 아파트 건설과 무수한 대형 음식점도 위협적인 한강 오염원이다. 오염 배출량은 폭발적으로 늘지만 오수처리시설은 제자리걸음이다.

수도권 2000만 주민의 생명의 젖줄이 이처럼 망가져 가는데도 문제 제기만 있고 해결책은 안 나오고 있다. 눈을 부릅뜨고 지키는 사람도 없다. 지방자치단체들은 지역 개발과 세수 증대라는 눈앞의 이익 때문에 환경문제에는 눈을 반쯤 감는다. 정부의 맑은 물 대책도 지방자치단체의 능동적인 협조가 없으면 실효를 거두기 어렵다.

시민단체들의 환경운동도 쟁점의 경중을 못 가리고 있다. 공익이 달린 거대 국책토목공사에는 사사건건 공사 중간에 시비를 걸어 막대한 혈세를 날려 버리게 만들면서 시민의 생명과 건강에 직결된 물과 공기 문제에 대해서는 미온적이다. 도롱뇽과 두꺼비의 서식지를 보호하고 습지와 갯벌을 보호하는 일도 환경단체가 할 일이긴 하다. 그러나 보다 중요한 것을 외면하면서 지엽적인 일에 매달리면 환경 센티멘탈리즘이라는 비난을 면하기 어렵다. 누군가가 "바보야, 문제는 물과 공기야!" 라고 외치는 듯하다.

(2007. 3.)

초고층건물과 생각의 스케일 키우기

  부와 자기과시의 초고층빌딩은 매우 미국적인 건축양식이다. 그러나 20세기 내내 미국이 가지고 있던 세계 최고층 빌딩의 타이틀은 1998년 452m의 페트로나스 타워즈를 준공한 말레이시아가 가져갔다.

  2001년 9월 11일, 시카고에서는 부동산 재벌 트럼프의 참모들이 페트로나스 타워즈를 압도할 610m의 세계 최고층 건물을 세우는 계획을 논의 중이었다. 회의 도중 누군가 텔레비전을 켰을 때 화면에서는 아랍 테러리스트가 납치한 두 번째 여객기가 월드 트레이드 센터에 충돌하고 있었다. 회의는 즉시 중단되었다. 트럼프는 빌딩 높이를 396m로 낮추었다.

  9·11이후 세계 최고 빌딩 경쟁의 무대는 중동과 아시아와 러시아로 옮겨졌다. 페트로나스 타워즈의 최고층 건물 타이틀은 2004년 타이완의 타이페이 101빌딩(508m)에게로 넘어갔다. 그러나 2009년이 되면 타이틀은 삼성건설이 시공하고 있는 두바이의 두바이 타워로 넘어간다. 이 건물의 최종 높이는 경쟁자를 의식하여 비밀에 부쳐졌지만 808미터에서 1,011미터 사이가 될 것이란 추측

이다.

뉴욕의 월드 트레이드 타워 자리에 세워질 541m의 프리덤 타워 (2011년 준공 예정)와 510m의 부산 제2롯데월드는 타이페이 101보다 높게 설계되었다. 그러나 지난주 발표된 서울 용산 국제업무지구에 세워질 620m, 150층의 초고층빌딩(2013년 준공 예정)은 프리덤 타워와 부산 롯데월드보다 더 높다. 이 건물은 모스크바에 세워지는 649m의 타워 오브 러시아에 이어 세계 3위가 될 것이지만 3위의 영예조차도 길게 누리지는 못할 것이다.

어쨌든 세계적인 고층건물 경쟁에 한국이 두 개의 프로젝트로 끼어든 것은 대견한 일이다. 남에게 지기를 싫어하는 한국인의 오기와 의욕의 산물이다. 말레이시아의 페트로나스 타워즈는 건물의 태반이 임대가 안된 채 비어 있다. 그러나 이 건물은 말레이시아인들에게 '생각의 스케일 키우기'(Think Big)를 가르치는데 큰 효과가 있었다는 평가를 받고 있다. 우리도 같은 효과를 기대할 수 있을 것이다. 생각을 키우자. 2050년이면 한국이 미국에 이어 세계 2위의 부자나라가 된다는 골드만 삭스사의 예언도 믿어보자. 믿어야 실현된다.

(2007. 4.)

도자기 종가 나라의 밥상

박물관에 가 보면 역시 한국은 도자기의 나라라는 생각을 하게 된다. 그러나 우리의 생활 속에서 그런 흔적을 찾아보기는 힘들다. 가정의 식탁은 공장에서 대량 생산된 국적 불명의 몰취미한 그릇들이 차지하고 있다. 의류와 장신구는 값비싼 명품을 쓰는 주부도 온 가족이 매일 몇 번씩 쓰는 식기는 아무 제품이나 무심히 쓰는 것을 자주 본다.

식당도 마찬가지다. 한국을 처음 방문한 일본인들이 충격을 받는 일 중 하나가 식당의 스테인리스 그릇이라고 들었다. 스테인리스 식기는 일본에서는 개밥그릇으로나 쓰는 것으로 되어 있다. 많은 식당이 함부로 다루어도 깨지지 않고 값도 싼 합성수지 제품을 쓰고 있다. 좀 격을 따진다는 고급 식당이 사용하는 식기도 수준급의 것을 보기가 힘들다.

일본은 우리의 도예를 배워 간 나라지만 도예문화의 생활화에서는 우리보다 한 수 위다. 좋은 식당은 저명한 도예가의 작품에 음식을 담아내는 것을 자랑한다. 작가 또한 자신의 도자기가 식당의 고객들에게 사랑받는 것에 자부심을 느낀다. 그러나 우리는 어떤

가? 우리 도예가들 가운데 생활도자기를 만드는 이는 드문 듯하다. 식당을 위해서 그릇을 만들지도 않거니와 자기 작품이 어느 식당에서 쓰이는 것을 오히려 부끄럽게 여길지도 모른다. 모름지기 고가의 작품을 해야만 예술가라고 생각하는 것 같다.

전통에 바탕을 둔 좋은 생활도자기를 만들어도 사가는 사람이 없기 때문일지도 모른다. 근년에 몇몇 갤러리가 아름다운 생활도자기를 전시, 판매하고 있으나 미술계에서는 이를 '장사'를 한다면서 고운 눈으로 보지 않는다. 신부의 혼수도 전통 도자기그릇보다는 외국의 유명 브랜드 식기를 더 선호하는 것 같다.

필자가 아는 한 사회저명인사는 집에서 쓰는 식기만은 최상의 도자기를 고집한다. 자녀들에게 좋은 것, 아름다운 것, 격조 있는 것을 보는 눈을 틔어주기 위해서라고 했다. 식탁이 중요한 교육의 장이라는 것을 생각하면 그 판단이 참 지혜롭다는 생각이 든다.

지금 여주와 이천에서는 이 달 27일부터 열리는 4회 세계도자비엔날레 준비가 한창이다. 그러나 우리 도예가들이 만든 도자기가 가정과 식당의 식탁에서 애용되지 못하면 도자기 예술과 산업은 계속 발전하기가 어려울 것이고, 도자기 행사는 또 한 차례의 이벤트로만 끝나고 말 것이다. 디자인 경영시대에 미의식과 디자인 개념을 생활 속에 도입하는 것도 업그레이드 코리아의 중요한 과제일 것이다.

(2007. 4.)

유태인의 IQ, 한국인의 IQ

유태인은 머리가 좋다. 1950년대 뉴욕의 공립학교 학생 전체를 대상으로 IQ 테스트를 한 결과 170이 넘는 학생은 28명이었는데 그 중 24명이 유태계였다.

지능만 좋은 것이 아니라 창조성도 뛰어나다. 20세기 전반부에 유태인은 여러 나라의 박해와 차별 속에서도 노벨상의 14%를 차지했다. 차별이 없어진 20세기 후반에 들어와서는 그 비율이 29%로 늘어났고, 21세기에는 다시 32%로 늘어났다. 세계 인구 중에서 유태인의 비율이 0.2%라는 것을 생각하면 놀라운 비율이다.

뛰어난 지능과 창조력을 지닌 유태인을 박해하고 몰아낸 나라들은 국운의 쇠퇴를 감수해야 했다. 16세기 스페인이 유태인을 국외로 추방했을 때 유태인들 대부분은 네델란드로 이주했다. 이후 스페인의 국운은 기울고 네델란드는 부유한 강국으로 떠올랐다. 비엔나는 한때 런던, 파리와 더불어 학문과 예술의 중심지였지만 유태인을 몰아낸 후 '알프스 공화국'의 시골 도읍으로 전락했다.

이토록 지능이 뛰어난 유태인의 평균 IQ는 얼마나 될까? 여러 조사를 종합해 보면 대략 110으로 추정된다. 미국인의 평균 IQ는

100이다. 그렇다면 한국인은? 놀라지 마시라. 국가별 평균 IQ 에서 한국은 106으로 3위를 차지하고 있다. 한국을 앞선 나라는 108인 홍콩과 싱가포르뿐이다. 2006년 발간된 얼스터대학의 리차드 린 교수와 핀란드 탐페레대학의 타투 바나넨 박사의 공저인 『IQ와 세계불평등』에 그렇게 되어 있다.

그런데 이토록 똑똑한 한국인이지만 높은 지능에 합당한 창조성을 보여 주지 못하고 있는 것은 누구도 부정하지 못한다. 왜 그럴까? 이 문제를 푸는 것이 우리 교육과 사회제도의 과제이다.

미국을 비롯한 여러 나라와 자유무역협정을 맺는다는 것은 지금까지 살아온 것과는 전혀 다른 세상에서 살게 된다는 뜻이다. 세계 최대 부국과 지식과 정보, 창조력과 생산성을 겨루는 세계에서 살아가야 하는 것이다. 뛰어난 인재를 더 뛰어나게 키우는 교육이 절실하다. 수학과 과학이 경시되는 지금의 중등교육으로는 안된다. 수월성 교육을 부정하는 삼불정책은 재고해야 마땅하다. 자립형 사립고도 조건만 맞으면 허가해 주어야 한다. 교육시장도 개방하여 외국 명문대 캠퍼스를 국내에 유치하여 국내대학과 경쟁시키는 일도 마다할 것 없다.

(2007. 4.)

국수주의 골목 안에서 노는 일본

『역사의 종말』을 쓴 F. 후쿠야마는 일본계이지만 일본 국수주의에 대해서는 신랄하다. 그는 최근 아메리칸 인터레스트지에 쓴 글에서 야스쿠니 신사 논쟁을 한국과 중국의 정치적 공세라고 보는 사람은 신사 경내의 유슈칸(遊就館)을 보지 못했기 때문이라고 했다. 유슈칸은 태평양전쟁은 서구의 침략으로부터 아시아 여러 민족을 구해 내기 위한 위대한 전쟁이며, 청일전쟁은 한국을 중국으로부터 독립시키기 위한 전쟁이라는 식의 비뚤어진 역사인식을 전파하고 있는 곳이다. 일본정부는 유슈칸이 민간시설이기 때문에 일본정부의 책임은 아니라고 주장하지만 일본에는 이런 역사 인식을 대체할 어떤 전쟁박물관도 없다고 그는 지적한다.

그는 90년대 일본을 방문했을 때 만난 와타나베라는 우익 지식인이 많은 청중을 상대로 한 강연에서 패전 후 일본 관동군이 철수할 때 현지민들이 일본의 은혜에 감사하면서 눈물을 흘렸다고 이야기하는 것을 목격했다. 와타나베는 대학 교수로 우익 정치인 이시하라 신타로 도쿄도지사의 추종자다. 후쿠야마는 남경대학살은 조작된 사기라는 주장을 담은 책자를 자주 받는다고 했다.

유슈칸의 역사인식을 지닌 아베 총리나 이시하라 도지사 같은 정치인들이 일본을 통치하고 있다. 과거사에 대해 보다 정직한 목소리를 내던 진보 정당들이 몰락한 것을 보면 다수 일본 국민들도 이들에게 동조하고 있다는 것을 알 수 있다. 일본은 국수주의의 골목길에서 좀처럼 빠져나오지 못하고 있다. 이 때문에 일본은 국력에 비해 턱없이 왜소한 나라로 남아 있다. 그들은 국제사회에서 '노'라고 말할 수는 있을지 모르나 리더쉽을 발휘할 수는 없다.

국가 차원에서도 정직은 최상의 방어책이다. 종군위안소 설치는 일본군부가 주도했다는 기록문서가 있고 피해자들이 살아 있는데도 말을 그럴 듯하게 지어내면 이를 감출 수 있고, 미국의회의 관련 결의안도 로비만 잘하면 저지할 수 있다는 것이 일본 우익정치인들의 생각인 듯하다. 그들이 정직하지 못한 데다 술수마저 치졸하기 때문에 일본이 아시아 여러 나라에 준 상처는 좀처럼 아물지 않는다.

그들의 과오는 우리에게 타산지석이다. 우리도 민족지상주의의 골목에 갇힐 위험을 안고 있다. 남북관계에서 우리가 원칙을 무시하고 국제적 상식을 벗어나면 그렇게 된다. 예를 들어 정부가 북한의 인권문제에 대하여 "확실한 증거가 없다"는 식으로 비켜 가면 종군위안부 강제동원을 부인하는 일본과 다름없이 된다.

(2007. 4.)

제대로 된 주말농장 없을까?

봄이 한창이다. 땅이 따뜻해져서 밭에 씨를 뿌릴 때가 되니 필자가 사는 마을의 주말가족농장도 사람들로 붐빈다. 호미를 쥐고 모종을 심는 아빠, 물통을 들고 뛰어다니는 어린이들, 점심 준비를 하는 엄마의 모습, 모두 정겹다. 농경 세대의 막내에 속하는 사람들이 번잡한 도시를 잠시 벗어나 땅에 대한 그리움을 풀면서 자녀들에게 새로운 체험을 선사하는 것이다. 이런 경험을 누려 본 어린이는 자연과 농업에 대한 이해가 남다를 것이다.

서울 부근에는 이런 주말농장이 무수하다. 농민들은 땅을 빌려 주어 소득을 올리고, 도시민들은 내 땅이 없어도 농사체험을 해 볼 수 있어서 좋다. 서울시가 시민을 위해 보조금을 지원하여 개설한 친환경 가족농장도 있지만 대부분은 사설 주말농장이다. 과수원에서 가족나무를 분양하는 곳도 있다.

그러나 좀 자세히 살펴보면 이런 주말농장의 조건은 대체로 열악하다. 우선 계약이 연간 단위로 계약해야 하고, 좁은 땅에 최대한 많은 사람들을 수용하기 위해 필지를 5~10평으로 잘게 나누다 보니 이웃과 어깨를 부딪히면서 텃밭을 가꾸어야 한다. 프라이버

시도 없고 쾌적하지도 않다. 주차 공간과 휴식 공간을 제대로 갖춘 곳을 찾기 쉽지 않고, 그런 곳이 있더라도 값이 턱없이 비싸다. 이런 주말농장을 한두 번 겪어 본 사람들은 "어디 제대로 된 주말 농장 없을까?"라고 묻는다.

도시민을 위한 소규모 가족농장이 처음으로 생긴 독일에는 현재 약 100만 필지가 있고 연면적이 4만 6천 헥타르가 된다. 한 필지의 단위는 400평방미터 내외여서 우리보다 꽤 넓다. 또 매년 계약을 하는 것이 아니라 한번 주말농장 조합원이 되면 그 땅을 원하는 기간 내내, 내 땅처럼 쓸 수 있다. 비를 피할 수 있는 조그만 오두막도 지어 놓고, 채소만 심는 것이 아니라 꽃과 잔디밭도 가꿀 수 있다. 관련 법규도 잘 마련되어 있고, 조합과 연합회 등 관련 조직도 잘 정비되어 있다.

인구 고령화와 농산물시장 개방으로 어려움을 맞고 있는 농민과 농촌을 돕기 위해서 농촌공간을 도시민의 휴식공간으로 리모델링 하는 것을 적극 추진해야 한다는 주장이 나오고 있다. 실제로 핀란드를 비롯한 북유럽의 여러 나라의 농촌은 이런 길을 택하여 상당한 성과를 거두었다. 우리도, 땅을 빌려 주는 농민이나 빌리는 사람도 모두 득이 되는 게임이 되려면 다른 나라의 성공사례를 철저하게 연구할 필요가 있다.

(2007. 4.)

키 큰 것도 좋지만…

독일의 프리드리히 대왕(재위 1740~1786)은 조선조의 세종대왕처럼 문무에 뛰어난 왕이다. 어렸을 때 그는 체구가 왜소하여 아버지 프리드리히 빌헬름 1세를 크게 실망시켰다. '병정왕'이라는 별명이 붙을 만큼 무골이었던 그의 아버지는 키 큰 사람을 좋아하여 왕실 근위대에 유럽의 키 큰 젊은이들을 뽑아 모았다. 돈을 주고 사오고 심지어 납치를 해 오기도 했다.

근위대의 평균 키는 180cm이 넘었고, 2미터를 넘은 장신도 많았다. 키다리 근위병들이 양편으로 갈라서서 손을 맞잡고 왕의 마차를 호위할 정도였다. 부왕이 별세한 후 왕위에 오른 프리드리히 대왕은 제일 먼저 키다리 근위대를 해체해 버렸다. 그는 칸트와 볼테르를 후원한 계몽군주였으며, 군사적으로도 왕국의 기반을 넓히고 굳혀 부왕보다 훨씬 위대한 업적을 쌓았다.

우리 사회가 외모 제일주의로 치달리면서 키 작은 청소년과 그런 자녀를 둔 부모들의 걱정이 크다. 키가 작으면 심리적으로 위축이 되고 학교에서도 왕따를 당할 가능성도 커진다고 한다. 일자리나 배우자를 구할 때도 불리하다고 한다. 자녀들을 롱다리 공주나

왕자로 키우고자 하는 부모들의 심리를 이용하여 키를 키우는 것
이 새로운 돈벌이 산업으로 등장하고 있다. 키를 키워 준다는 클리
닉이 전국에 체인점을 내 가면서 성업하고 있다. 식품회사는 자기
네 제품이 자녀들의 키를 무럭무럭 자라게 하는 신통한 효과가 있
다고 솔깃한 선전을 한다. 키를 크게 한다는 운동기구를 파는 회사
들도 성업 중이다. 비싼 육아비용과 사교육비에 외국어연수 등으
로 노년대책조차 포기하는 부모들에게 걱정거리가 하나 더 늘어난
것이다.

그러나 "남이 하면 나도 한다"는 식으로 따라만 가지 말고 생각
을 바꾸면 된다. 학자들의 연구에 의하면 지구 생태에 우호적이고
가장 잘 적응할 수 있는 성인 남자의 키는 160cm라고 한다. 여자
는 여기에서 10cm를 빼면 된다. 이 보다 더 크면 다른 생명체에
위협적인 존재가 된다는 것이다.

키는 작지만 당찬 일을 해낸 인물이 의외로 많다. 박정희, 등소
평, 나폴레온 1세 같은 이들은 모두 키가 작았다. 인기 연예인 중에
도 생각보다 단신이 많다. 톰 크루즈는 170센티, 밥 딜런은 167센
티, 폴 사이먼은 157센티이다.

인간의 체력이 중요시되던 산업사회에서는 체구가 큰 것이 미덕
이었을지 모르나 힘의 중심이 지식과 정보력으로 이동한 21세기에
살면서 지난 시대의 통념에 너무 매달릴 필요는 없다. 자녀들의 키
를 걱정하기보다는 지식과 정보능력을 키워 주는 데 전념하는 것
이 더 현명한 일이 아니겠는가?

(2007. 4.)

아름다운 도시가 번영한다

스위스는 세계의 도피자금이 모이는 곳이다. 예금주가 안 찾아가는 눈먼 돈도 있는데, 스위스 정부는 이런 예금을 주택개량에 장기 저리로 융자해 주면서 건물의 양식과 색채를 철저하게 통제했다. 덕분에 스위스의 마을들은 빼어난 그림처럼 아름답다. 전 세계의 관광객들이 스위스로 몰려가고, 달러를 듬뿍 뿌리고 온다.

프랑스 남부의 프로방스지방을 여행해 보면 마을과 마을 사이 시골길에 간판이라고는 찾아볼 수 없고 음식점도 없다. 그래서 시골은 시골답고, 바라보이는 모든 풍경이 편안하다. 카메라를 어느 방향으로 겨누어도 거슬리는 것이 없었다. 온갖 종류의 음식점과 휴게소와 대형 간판이 즐비한 우리나라 시골길과는 너무 대조적이다.

자연경관이나 도시경관은 모두 시민의 공유자산이다. 그것도 대체가 불가능한 아주 귀한 자산이다. 흉하고 볼썽사나운 건물을 짓거나 아무 데나 자극적인 간판을 덕지덕지 붙이는 일은 공유자산을 망치는 일이다. 스위스나 프로방스가 유럽에서 최고의 관광 수입을 올리는 것은 공유자산인 경관자원을 철저히 관리한 결과이다.

　아름다운 자연적 조건이나 서울이라는 배후도시의 막강한 구매력을 생각하면 경춘가도는 엄청난 잠재력을 가진 관광지다. 하지만 난개발을 방치한 결과 그 잠재력은 소진되고 지나가는 길에 잠시 먹고 마시는 싸구려 행락지로 전락했다. 현지의 주민도 서울시민도 모두 손해를 본 것이다.

　아름다움이 돈이 된다는 것을 깨닫는 데는 절차와 시간이 필요한 듯하다. 기업이 '디자인 경영' 개념을 도입하고 국가 차원에서 '디자인 원년'을 선포한 것은 그리 오래된 일이 아니다. 그러나 그 성과는 놀라웠다. 공산품에 예술의 손길이 닿으면 높은 부가가치를 만들어 내고 경쟁력에서 앞설 수 있다는 것을 우리의 IT제품과 자동차에서 볼 수 있다.

　서울시가 최근 디자인총괄본부장제도를 도입한 일은 행정에 디자인개념을 도입하려는 시도로 보아도 좋을 듯하다. 세계화시대에는 도시도 상품처럼 치열하게 국제적으로 경쟁해야 한다. 외국인에게 마음이 열린 도시, 물가가 싼 도시도 좋지만, 자연이 살아 있는 아름다운 도시의 경쟁력이 더 높다.

　국민소득이 2만 달러 수준이 되어야 디자인에 눈을 뜬다고 한다. 디자인 개념이 보편화되어야 고부가가치를 창출하는 사회가 된다. 우리도 이제 그 수준에 접근하고 있다. 서울시가 도입한 디자인 행정이 중앙정부와 다른 지방자치단체에도 파급되기를 기대한다.

(2007. 4.)

한국만 알면 한국도 모른다

텔레비전 뉴스를 보면서 자주 느끼는 것 중의 하나가 해외뉴스 푸대접이다. 우리 방송만 시청하면 세계가 어떻게 돌아가는지 알 수 없다. 저런 것도 뉴스인가 싶게 시시콜콜한 것은 보도하면서도 나라 밖 소식 전하기에는 매우 인색하고, 다룬다고 해도 흥밋거리 위주로 짧고 가볍게 다룬다. 뉴스 전담 채널이나 공영방송이라고 조금도 나을 것이 없다. 신문도 비슷하다.

우리는 이렇게 해외 동향에 등을 돌리고 살아도 될까? 그렇지는 않을 것이다. "한국만 알면 한국도 모른다"는 말이 실감이 날 정도로 우리 정부와 기업과 국민은 세계를 향해 나아가고 있다. 한국경제는 수출에 젖줄을 대고 성장하고 있다. 정치지도자들은 한국을 동북아의 허브국가로 만들겠다고 호언한다. 대구와 인천이 잇달아 큰 국제스포츠대회를 유치했고, 여수와 평창도 세계엑스포와 동계올림픽 유치활동을 펴고 있다. 모두가 세계를 품안에 안고자 열심이다.

또 우리 국민은 과거 어느 때보다도 맹렬한 대외지향성을 보여주고 있다. 해외사업과 취업, 이민, 유학, 연수 등에서 그것이 잘 나타나고 있다. 영어권의 나라와 중국, 러시아에는 우리 유학생과 연수생들이 넘쳐나고 있다. 우리의 미래가 세계화에 있다는 것을 국민들이 더 잘 알고 앞서 나가고 있는 것이다.

우리 뉴스미디어의 소극적 외신 취급 태도는 이러한 우리 정치, 경제, 그리고 국민의 맹렬한 세계화 노력을 뒷받침해 주지 못하고 있다. 모든 미디어들이 치열한 경쟁 속에서 독자의 관심을 잡아 두기 위해 뉴스의 오락화에 열을 올리고 있다. 패스트푸드처럼 입에 짝 들러붙는 맛있는 뉴스를 만드는 데만 열심이지 정작 우리가 사는 데 필요한 폭넓은 정보와 지식, 의견과 지혜에는 얼굴을 돌리고 있다. 이래서는 우리가 우물 안 개구리를 면할 수 없다.

얼마 전 미국의 CNN방송 사장이 한국을 방문했을 때 한국어 더빙을 한 CNN방송을 하겠다고 하여 우리 방송계가 바짝 긴장했다. 국민의식과 광고시장을 외국의 언론에 맡기는 방송시장은 절대 개방할 수 없다는 격한 반론이 나왔다. 결과적으로 한미 FTA에서 방송시장 개방은 제외되었고 CNN의 한국어 더빙 방송도 말로만 끝나고 말았다. 그러나 그것이 꼭 잘된 일인지 의심스럽다. 우리 미디어가 해외 뉴스를 제대로 공급하지 않는다면 그것을 해 줄 수 있는 대체 미디어를 허용하는 것이 시청자와 독자를 위해 바람직한 일이 아니겠는가?

(2007. 5.)

체험경제시대에 지방이 사는 길

중부지방에는 지금 모란꽃이 한창이지만 「모란이 피기까지」의 시인 김영랑 생가의 모란은 거의 다 지고 있었다. 남도의 봄은 서울보다 대략 일주일쯤 빠르다. 강진의 모란이 한창인 4월의 마지막 주일은 영랑문학제로 인파가 몰리는 때다. 이를 피해서 모란이 뚝뚝 떨어져 버려서 '봄을 여읜 서름'에 잠기는 때에 호젓이 그곳을 찾은 것도 나쁘지 않았다.

영랑이 40여년 동안 살았던 생가는 1985년부터 강진군이 정성스럽게 복원해서 지금은 말끔하게 정돈되어 있었다. 생가로 들어가는 길에는 그의 시 「돌담에 속삭이는 햇발」의 돌담들이 이어져 있고, 마당에는 「오매, 단풍 들것네」의 감나무와 「마당 앞 맑은 새암을」의 우물도 있었다. 장독대 옆 모란밭은 「모란이 피기까지는」의 현장이고, 후원의 동백나무 거목은 「내 마음의 어딘 듯 한 편에 끝없는 강물이 흐르네」의 현장이다. 임방울, 이화중선 등 명창이 드나들었다는 사랑채는 「북」이라는 작품의 산실이다.

과거의 흔적이라고는 찾아보기 힘든 대도시에 살다가 이처럼 역사가 고스란히 형상화된 곳을 찾으면 감동을 받는다. 역사가 있는 곳에는 이야기가 있다. 역사와 이야기는 실상 하나다. 사람들은 자기가 좋아하는 이야기, 그 감동을 느끼려고 어디라도 간다. 「겨울연가」의 현장을 찾아서 일본인과 중국인들이 남이섬으로 몰려오는 것이 그런 보기이다.

21세기는 삶에서 물질적인 소유보다 문화와 가치와 느낌을 더 중요하게 생각하는 체험경제의 시대다. 느낌과 상징과 이야기가 큰 상품성을 갖는 시대다. 그러나 우리는 이런 종류의 자원이 부족한 편이다. 많은 우리 국민이 해외관광을 떠나는 것도 그 때문이리라. 이들 중 상당수를 국내여행으로 돌릴 수 있으면 어려운 지방경제에 큰 도움이 될 것이다.

많은 지방자치단체들이 이 방면에 많은 노력을 기울이고 있고 더러는 큰 성과를 거두고 있다. 「남도 답사 1번지」를 자부하는 강진은 영랑생가 외에도 다산유적지와 청자도요지 등을 잘 복원 보전하고 있고, 주변에 무위사와 백련사 같은 명찰이 있다. 기름진 평야와 청정해역의 농수산물로 만든 맛있는 남도음식이 있고 차밭도 있다. 체험관광의 자원이 매우 풍부한 셈이다.

이야기와 상징은 만들어 낼 수도 있다. 상상에는 한계가 없다. 남이섬이나 정동진은 그 좋은 성공사례다. 다른 지방도 지혜를 짜내면 산뜻한 체험상품을 얼마든지 만들어 낼 수 있을 것이다.

(2007. 5. 전남 강진에서)

"피임약은 사회적 자살약"

『서구의 몰락』을 쓴 슈펭글러는 교육수준이 높은 층이 자녀를 가질 것인지 아닌지 저울질을 하는 단계가 되면 그 문명은 이미 쇠퇴로 가는 전환점에 도달한 것이라고 했다. 토인비도 문명은 살해당하는 것이 아니라 자살하는 것이라고 했다. 그리스는 로마에 인구수로 밀렸고, 로마는 다시 북방민족에게 밀렸다. 오늘의 유럽문명을 건설한 이 북방민족들은 다시 자녀를 열심히 낳는 이슬람계 이주민들에게 밀리고 있다. 이대로 가면 머지않아 유럽은 유라비아(유럽과 아라비아의 합성어)가 되고 지금의 교회와 성당들은 모스크가 될 것이라는 비관론도 나온다.

그러나 이러한 유럽의 낮은 출산율을 무색케 하는 것이 한국의 출산율이다. 통계청이 발표한 2006년 출생통계 잠정결과에 의하면 우리나라의 합계출산율(15~49세 여성이 평생 낳는 아기 수)은 1.13명으로 2005년의 1.08명보다 조금 늘어났지만 이 수치는 여전히 세계에서 꼴찌 수준이다. 유럽의 대표적인 저출산국인 프랑스와 스웨덴은 국가적으로 출산을 장려한 결과 최근 출산율이 각각 1.9명과 1.75명으로 늘어났다.

"피임약은 사회적 자살약"이란 말이 있다. 인구가 제자리 성장을 유지하려면 2.1명이 되어야 한다. 한국은 1983년에 2.1명에 도달한 후 지금까지 내리막길을 달려왔다. 이대로 가면 우리나라의 인구는 2015년부터 감소하기 시작하여 2055년이면 3천4백만 명으로 떨어진다. 단순 수학적 계산으로만 보면 2300년 우리나라의 인구는 불과 31만 명만 남게 된다. 인구 추세로만 보면 우리는 이미 사회적 자살 단계로 들어섰다고 해도 과언이 아니다.

왜 이 지경이 되었을까? 턱없이 비싼 육아비용과 사교육비용, 결혼 없는 라이프 스타일의 추구 등을 원인으로 꼽기도 한다. 그러나 높은 청년실업률과 고용불안이 더 큰 원인일 것이다. 2005년 통계청 통계에 따르면 20대 청년 인구 중에서 실업자, 취업준비자, 구직 포기자, 무급가족 종사자는 60만 명, 일용직 근무자는 32만 명에 달한다. 6명 중 1명이 실업이거나 준 실업상태인 것이다. 안정된 일자리가 있어야 결혼을 하고, 결혼을 해야 아기들이 태어난다는 것이 상식이다. 청년실업을 구제하는 것이 인구문제를 해결하는 지름길인 것은 분명하다.

자천 타천 차기 대선 주자들은 많지만 아직 이 문제에 대하여 비전을 제시한 사람은 없다. 이들은 중요한 문제를 회피하고 있다.

(2007. 5.)

부엌이 살아야 가족이 건강하다

유럽보다 미국에 비만으로 고생하는 사람이 많다는 것은 잘 알려진 일이다. 식품을 자동차의 연료처럼 여기고 부족하다 싶으면 때와 장소를 가리지 않고 먹는 미국인들의 버릇이 비만을 조장한다고 전문가들은 지적한다. 시간부족사회, 결손가정과 독신가구의 증가와도 관련이 있는 문제다. 가정의 부엌이 하던 일이 식품공장과 외식업체로 넘어갔고, 업체들은 고객의 입맛을 놓고 시장에서 경쟁을 한다. 맛은 있을지 모르나 몸에는 그다지 좋지 않은 식품들이 오늘의 미국을 비만 왕국으로 만든 것이다.

반면 유럽의 프랑스와 지중해권 나라 사람들에게 먹는 일은 삶의 질과 관련한 중요한 문제이다. 평균적으로 이 지역 사람들은 냉장고가 작고 간식을 잘 하지 않는다. 시장에서 신선식품을 사다가 조리를 해 먹는 경우가 많고, 간식은 즐거운 식사를 망치기 때문에 되도록 피한다.

지난날 좀 어렵게 살던 시절 우리 어머니들이 장바구니를 들고 시장을 봐다 차린 밥상은 내용은 다소 빈약하긴 해도 훌륭한 건강식이었다. 그러나 소득이 좀 높아지고 미국처럼 시간부족사회에 들어간 요즘의 우리나라 식생활은 점점 미국식을 닮아가고 있다. 시간에 쫓기는 가족들 때문에 인스턴트식품과 외식업의 비중은 점점 더 커지고 어머니의 부엌은 쉬는 시간이 늘고 있다. 우리 국민의 1인당 쌀 소비량은 부엌의 가동률을 부분적으로 반영하고 있다. 국민소득이 낮았던 한 세대 전 국민 1인당 쌀 소비량은 120kg이 넘었었다. 그것이 점점 줄어 금년에는 77kg 수준이 될 것이라고 한다.

소득이 높아져서 쌀보다 더 좋은 먹을거리가 많아진 것은 좋은 일이기도 하지만 재앙이기도 하다. 어머니의 밥상을 대신하는 외식업과 인스턴트식품은 영양 과잉이거나 불균형인 경우가 많다. 우리나라 성인 중 당뇨병 환자가 300만 명에 이르고, 매년 20만 명 이상 늘어나고 있는 것도 외식의 증가와 무관치 않을 것이다. 일본에서도 가장 장수촌으로 알려졌던 오키나와는 전통 밥상을 멀리하고 패스트푸드에 의존하면서 가장 성인병이 많은 고장으로 전락했다.

요즘 미국 사회 일각에서 가정의 부엌을 되살리자는 운동이 벌어지고 있다고 한다. 새로 짓는 집은 부엌 설비에 더 많은 돈을 들이고, 재래식 건강식단에 대한 관심도 높아지고 있다고 들린다. 우리도 어머니의 밥상을 되살리는 운동을 벌여야 할 때가 된 것 같다. 부엌이 살아야 가족이 건강하다.

(2007. 5.)

코메디를 닮아가는 결혼식

결혼식이 많은 계절이다. 그런데, 가끔 식장에 앉아 있기 괴로울 적이 많다. 요즘 결혼식이 점점 개그나 코메디처럼 경박스러워지고 있기 때문이다. 모든 의례는 결국 사람들이 만들어낸 것이라지만 요즘의 결혼예식은 결혼이 갖는 원래의 의미와 점점 멀어지고 있는 듯하다. 가볍기 짝이 없는 결혼식 분위기가 이혼도 가볍게 여기도록 만드는 것은 아닌지.

예식의 진행을 맡은 사회자가 오락회 사회를 맡은 것으로 착각하였는지 장난기 담긴 말을 마구 토해 낸다. 신랑과 신부에게 키스를 강요하고, 절을 시키고 구호를 외치게 하거나 이상한 동작을 강요하는 등 황당한 짓을 예사로 한다. 나이든 하객들의 얼굴에는 민망해하는 흔적이 역력하다. 사회자는 혼례식과 피로연을 혼동하고 있는 것이다. 사회자는 식의 진행을 돕는 정도로 말을 아껴서 식의 분위기를 정중하게 이끌어가는 것이 옳다.

식이 시작될 때 양가의 어머니들이 나와 촛불을 켜고 하객에게 인사하는 일도 어색하다. 우리 전통에는 없는 풍습이다. 식의 주인공은 신랑과 신부인데 왜 안방마님들이 먼저 나서야 하는지 도무지 이해할 수 없다. 양가 어머니는 이런 식순을 위해 신부처럼 비싼 화장을 해야 하고 좋은 옷도 갖추어 입어야 한다.

식순에 따라 신랑 신부가 양가 부모에게 인사를 드리는 순서에서 신랑이 장인 장모에게 땅바닥에 넙죽 엎드려 큰 절을 하는 것도 흔히 보는 광경이다. 누군가 시작한 이 과잉행동을 이제는 너도 나도 따라하게 되었지만 그다지 보기 좋은 모습이 아니다.

식장의 요란한 조명과 음향, 드라이아이스로 만든 안개와 비눗방울도 볼썽사납다. 예식장을 동화 속의 왕자와 공주가 사는 성처럼 치장하고 신부가 곤돌라를 타고 입장하도록 만든 식장도 있다.

이 모든 것이 예식장의 상업주의와 웨딩컨설턴트라는 사람들이 만들어 낸 억지 코메디에 고객들이 순한 양처럼 고분고분 따라가다 보니 일어나는 일이다. "요즘은 다 이렇게 하는 거예요." 하면 대부분 고객들은 할 말을 잃고 만다.

그러나 이런 말에 넘어가지 말고 좀 줏대 있게 대처할 필요가 있다. 결혼의 원래 의미에 충실한 방향으로, 정중하되 너무 무미건조하지 않게, 따뜻하고 유쾌하되 상스럽지 않게 진행할 수 있도록 당사자나 양가 부모들이 꼼꼼하게 챙기는 것이 좋을 것이다.

(2007. 5.)

여름엔 긴 소매, 겨울엔 반소매

70년대 중반 박정희정권 시절, 공무원들은 추운 겨울을 보냈다. 에너지를 절약하라는 청와대 지시로 실내온도를 18도에 맞추어 놓고 두툼한 방한복을 입고 근무했다. 국제 원유 값은 폭등하고 외환이 모자라 나라살림이 빠듯하던 시절이었다.

노태우정권 시절인 1991년 여름, 공무원들은 더위와 싸우며 여름을 넘겼다. 냉방전력수요가 폭증하면서 예비전력이 위험수준으로 떨어지자 대통령의 지시로 정부기관의 냉방기 가동이 전면 중지되었기 때문이다. 나라살림 형편이 조금 나아지면서 상용건물과 공공시설의 냉방 전력이 급증하던 때였다.

그 이후 지금까지 문민대통령 3대를 지나는 동안 석유 값은 꾸준히 오르고 전력수요도 계속 늘어났지만 경제사정도 호전되어 별 어려움 없이 지낼 수 있었다. 에너지절약 캠페인도 뒷전으로 물러나고, 절약 풍조도 실종되었다. 요즘 여름철 공공건물의 실내온도는 긴 소매를 입어야 할 정도도 차고, 겨울철에는 반소매를 입어도 좋을 만큼 덥다. 최근 에너지 문제에 다시 빨간 불이 들어왔다. 자동차용 기름값이 14주 연속으로 오르고 있다. 당분간 더 오를 것이란다. 전력에도 비상이 걸렸다. 더위는 일찍 찾아오고 에어컨 사용은 계속 늘면서 올여름 전력 수요가 사상 최고 수준에 오르고 예비전력률도 10년 만에 한자릿수로 떨어질 것으로 전망된다.

국제원유가는 현재 배럴당 60달러대에 있지만 100달러를 넘는 것은 시간문제라고 전문가들은 보고 있다. 산유국의 정정불안은 계속되면서, 무섭게 성장하는 중국과 인도 두 공룡이 본격적으로 기름을 먹기 시작하면서 원유시장에 서서히 지각변동이 일어나고 있다.

중국은 수백억 달러의 원조를 퍼부어 가며 원유확보 외교를 벌이고 있다. 남미는 오래전부터 농작물에서 연료를 만드는 것을 실용화했다. 미국에서도 식물성 디젤유를 생산할 수 있는 옥수수 밭의 지가가 폭등하고 있다. 저마다 위기감을 느끼고 준비를 하는데 우리만 너무 태평하다.

주거시설은 토지 효율을 극대화하기 위하여 더욱 밀집화, 고층화하여 에너지를 더 많이 소비하는 방향으로 가고 있다. 승용차의 배기량은 늘어나고, 기름을 많이 먹는 SUV가 소형차를 몰아내고 있다. 전기는 모자라는데, 북한의 핵무기는 두려워하지 않으면서 핵발전소라면 모두가 손사레를 치고 반대한다.

경제를 위해서, 그리고 환경을 위해서 에너지에 대한 생각과 정책의 큰 틀이 바뀌어야 할 때다. 잊어버렸던 말 유비무환(有備無患)을 되새길 일이다.

(2007. 5.)

열섬과 협곡 효과

5월의 기온으로는 드물게 30도가 넘는 더위가 벌써 찾아왔다. 첫 오존주의보도 나왔다. 올여름 더위가 심상치 않을 것임을 예고하고 있다.

대도시는 열섬 현상 때문에 여름이 더욱 괴롭다. 도시의 아스팔트와 콩크리트는 같은 부피의 공기보다 2000배 이상 더 열을 품는다. 햇볕에 달구어진 아스팔트와 콩크리트가 방출하는 열기에 자동차 배기가스와 냉난방기가 내뿜어 대는 열이 더해지고, 오염된 공기가 하늘을 덮어 온실효과를 발휘하면 도심지역은 주변부보다 2도에서 6도 더 더워진다. 도심과 변두리의 기온 차이는 바람이 있는 낮보다 바람이 자는 밤에 더 심하다. 그래서 변두리보다 도심의 열대야 현상이 더 심하다.

열섬 현상의 가장 큰 피해지역은 고층아파트 밀집지역이다. 비좁은 공간에 숲처럼 들어선 콩크리트 구조물과 유리는 열을 흡수하고 반사하는 면적을 크게 늘릴 뿐 아니라 바람을 막아 대류에 의해 열이 식는 것을 막는다. 이 때문에 열섬 현상이 극대화되는데, 전문가들은 이런 현상을 협곡 효과(canyon effect)라고 이른다.

저층아파트를 초고층으로 재개발한 아파트 단지에 이런 현상이 특히 심하게 나타날 수 있다. 더 많은 주택을 공급한다는 구실로 무리하게 건폐율과 용적률을 올려 주다 보니 여름에 창문도 열 수 없고 냉방을 안 하면 견디기 어려운 아파트를 양산하게 되었다. 고층아파트 상단을 잘라 내어 저층아파트로 개조하고, 동과 동 사이의 건물을 헐어 녹지를 넓히는 독일의 경우와는 거꾸로 간 것이다.

더위 때문에 대도시의 에너지 비용도 늘고 있다. 로스앤젤레스의 경우 열섬 현상 때문에 여름철 1억 달러 이상의 전력을 추가로 소비한다고 하는 조사 결과가 나와 있다. 서울의 경우도 로스앤젤레스 못지않을 것이다. 그러나 겨울이 추운 도시는 난방비와 제설 비용이 절약되는 이점도 있다.

열섬 현상을 완화하는 방안은 건물과 도로 등 시설물에 열을 잘 반사하는 흰색을 많이 쓰는 것과 나무와 풀로 덮인 녹지면적을 늘리는 길뿐이다. 두 가지 모두 근본적인 해결책은 될 수 없지만 상당한 도움은 될 것이다. 모든 빌딩 옥상에 풀과 나무를 심어 정원을 만드는 것은 열섬 현상 방지에도 도움을 주고 도시 미관과 시민 복지에도 도움이 된다. 이를 장려하고 기술적으로 지원하는 정책을 도입해도 좋을 것이다. 녹지를 넓히면 재산세를 내려 주는 제도를 도입하면 어떨까. 베를린시가 이 제도를 쓰고 있다.

(2007. 5.)

아름다운 자연회귀

한자의 나무 목(木)자를 거꾸로 하면 십자가에 가지가 둘 더 뻗친 ¥ 형상이 된다. 이 심벌마크가 스위스의 우엘리 차우더가 1999년 시작한 수목장림 사업 'Fried Wald'(안식의 숲)의 등록상표다. 그가 수목장운동을 시작한 것은 런던에 살던 가까운 친구가 남긴 "스위스에 묻히고 싶다"는 유언 때문이었다. 우엘리는 친구의 유골을 땅에 뿌리고 그 위에 나무를 심었다.

그는 재가 생명을 키우고, 그 나무가 봄마다 회생하여 보는 이에게 기쁨을 준다는 상징성에 매료되었다. 묘지관리비를 물고, 25년이 지나면 다시 파내서 뒤처리를 해야 하는 부담을 덜고 모든 것을 자연에 맡길 수 있는 간편함과 더불어 그리고 친환경적이고 경제적인 이점도 있다.

그가 시작한 수목장 사업은 악셀 바우다하에 의해 독일에 도입되어 더욱 체계화되었고, 지금은 종주국인 스위스보다 더 큰 성공을 거두고 있다. 이 두 사람은 작년 '수목장을 실천하는 사람들의 모임' 초청으로 한국을 방문하여 심포지엄에 참석했다.

수목장 관련 시민단체의 노력으로 우리나라는 스위스 방식의 수목장림 제도를 도입한 세 번째 나라이다. 지난달 25일 수목장림 개설의 법적 근거가 되는 "장사 등에 관한 법률개정안"이 통과되었고, 이번 주 산림청이 경기도 양평군 양동면의 국유림 55ha에 첫 수목장림을 개설한다고 발표했다. 기반시설을 마친 후 2009년 일반에 공개될 양평 수목장림을 시작으로 2017년까지 전국에 10곳의 수목장림을 조성하겠다는 것이 산림청 계획이다.

수목장은 아름다운 형태의 장례일뿐더러 국토를 아껴 쓰는데도 큰 도움이 될 것이다. 우리나라는 '묘지공화국'이란 말이 나올 정도로 분묘가 많다. 2천만 기의 묘가 국토의 1%를 차지하고 있으며, 묘지의 연면적은 서울시 면적의 1.6배나 되고, 매년 10만 기 이상의 묘지가 새로 생기고 있다. 수목장은 묘지 문제 해결과 산림 녹화 두 가지를 해결하는 방안이 될 수 있을 것이다.

스위스와 독일은 나무 사용 기간을 99년간으로 했지만 우리는 30년으로 하고 1회에 한하여 30년 더 연장할 수 있다. 수목장림 터는 기존의 숲을 사용하도록 했지만 국토의 경관개선과 환경보호를 위해 한계 농지와 해안가 등에 새로 숲을 만드는 계획조림형 수목장림도 고려해 볼 필요가 있다. 이런 취지에 맞는 숲을 미리 조성해 놓은 사업자에게 우선적으로 수목장림을 허가해 주는 방안도 있을 것이다.

(2007. 5.)

성북동에 가면

서울 성북동에는 문화의 향기가 많이 남아 있다. 만해 한용운 선생이 조선총독부가 보기 싫어서 등을 돌려 북향으로 집을 짓고 만년을 살았다는 심우장의 마루에 앉으면 마음의 시계가 70년 전으로 돌아간다. 심우장 올라가는 산동네 골목길도 나름대로 정취가 있다. 심우장 맞은편에는 소설가 이태준이 살았던 수연산방이 있다. 차를 한잔 마시며 집주인이 수필집 『무서록』에서 자주 언급한 집과 정원을 찬찬히 둘러보는 재미도 쏠쏠하다.

『무량수전 배흘림 기둥에 기대어서』를 쓴 혜곡(兮谷) 최순우(崔淳雨) 선생이 살던 한옥도 한국내셔날트러스트가 구입하여 잘 보존해 놓았다. 마포에서 새우젓 장사로 큰돈을 벌었던 이재준의 별장 한옥은 이웃 교회가 사들여 깔끔하게 가꾸어 놓았다. 이 모두가 서울이 사대문 밖으로 팽창하던 1930년대에 지은 한옥이다.

이런 명소를 찾는 사람들의 발길이 잦아지면서 괜찮은 음식점도 여럿 들어섰다. 마음에 드는 맛집을 찾아 점심을 먹고 한때 의친왕(義親王) 이강(李堈) 공과 아들 이건 씨가 살았던 성락원(城樂園)을 둘러 보는 것도 좋다. 국립중앙박물관 다음으로 우리 문화재의 보물창고인 간송미술관은 전시회가 있을 때만 공개하는 것이 좀 아쉽다. 간송(澗松)은 우리 문화재 수집가였던 전형필(全鎣弼) 선생의 아호인데, 일제시대에 간송을 좌장으로 민족미술애호가 모임에는 최순우선생도 늘 참석했었다고 전해진다.

성북동에는 근원 김용준과 수화(樹話) 김환기(金煥基)가 살았던 노시산방(老枾山房)도 있었지만 지금은 흔적을 찾을 길이 없다. 노시산방이란 옥호는 이태준이 지어준 것이다. 근원은 일제 말기에 생활이 곤궁해지자 이 집을 수화에게 팔고 의정부 쪽으로 이사를 갔다. 수화는 이 집의 옥호를 수향산방(樹鄕山房)이라고 바꾸었다. 자신의 호 수화와 부인의 호 향안(鄕岸)의 첫 글자를 따서 지은 이름이다. 해방 후 김환기도 이 집을 팔게 되었는데 산 값보다 훨씬 비싸게 판 것을 두고두고 미안하게 생각하여 돈도 쓰라고 주고 아끼던 골동품도 갖다 주기도 했다고 근원이 「육장후기」란 글에서 밝혔다. 아름다운 우정이다.

성북동은 또 고등학교 국어교과서에도 실린 시인 김광섭(金珖燮)의 시 「성북동 비둘기」의 현장이다. 지금은 시에 나오는 채석장 터에는 주택이 가득 들어서 있다. 성북동 명소들을 한바퀴 돌고 나면 이만큼이라도 남아 있는 것이 다행이라는 생각도 들고, 이만큼밖에 안 남았나 하는 아쉬움도 남는다.

(2007. 6.)

세계를 정복한 노래의 여왕

아버지는 그리스 크레타섬의 시골 마을 극장 영사기사, 어머니는 극장 안내원인 아기가 뱃속에서부터 영화음악을 들으며 자랐다. 이 아기는 3살 때 부모와 함께 아테네로 이사하여 가난한 어린 시절을 보낸 후 아테네 음악학교에 입학하여 오페라 프리마돈나의 꿈을 키웠다. 그러나 술집과 방송에서 재즈를 노래했다는 이유로 졸업시험도 치러보지 못하고 학교에서 쫓겨났다.

퇴학은 오히려 축복이었다. 클래식의 굴레에서 벗어난 그녀는 그 후 반세기 동안 재즈, 팝, 샹송, 라틴, 흑인영가, 클래식, 종교음악, 민요, 영화음악 등 여러 장르를 넘나들며 15개국어로 1500여 곡의 노래를 불렀다. 총 450종의 음반을 냈으며, 이 중 50만 장과 1백만 장 이상 팔린 골든 디스크와 플래티넘 디스크가 300종이나 된다. 지금까지 팔린 음반은 3억 장을 넘는다. 다음달 고별 은퇴공연을 위해 한국을 찾는 73세의 나나 무스쿠리의 이야기다.

동경과 우수에 촉촉이 젖은 듯한 나나 무스쿠리의 목소리는 쉽게 잊을 수 없는 마력을 가지고 있다. 그녀의 노래는 한국인의 정서에도 잘 맞는다. 그녀가 아직 풋내기였을 때 그 재능을 알아보고

순회공연 파트너로 발탁해 준 해리 벨라폰테는 "노래는 소리로 호소하는 것"이란 가르침을 주었고 그녀는 이 원칙을 충실히 지켰다.

나나의 상표처럼 된 목소리는 실상은 성대 구조가 선천적으로 특이하기 때문이라고 한다. 보통 사람의 성대는 두 개의 크기가 같은데 그녀의 성대는 하나만 정상인데 다른 하나는 더 굵고 두껍다. 소프라노와 앨토가 함께 있는 셈인데, 그녀는 노래를 할 때는 소프라노 쪽만 사용한다고 한다.

대중음악의 세계에는 무수한 별들이 있지만 나나 무스쿠리처럼 노래의 장르와 언어 장벽을 자유자재로 넘어 다닌 가수는 드물다. 그녀는 진정한 글로벌 스타다.

나나 무스쿠리는 군사정권이 오래 지배했던 조국에는 그리 애착을 갖지 않았다. 1962년에 조국을 떠난 후 그리스에서 다시 공연을 가진 것은 22년이 지나서였다. 그러나 그녀가 글로벌 스타가 되었기에 많은 그리스 노래가 세계인의 애창곡이 되었다.

세계로 진출하는 우리의 재능 있는 연예인들이 그녀의 발자취에서 배울 것이 많을 것이다. 먼저 언어와 장르를 넘나들 수 있는 실력을 키워야겠다. 어디에서나 누구한테서나 사랑받는 노래를 부르면 국적과 한류 현상의 틀을 넘어, 무한히 넓은 세상을 무대로 삼을 수 있지 않겠는가.

(2007. 6.)

잊혀지는 전쟁 6 · 25

6 · 25가 57돌을 맞았다. 세상이 어떻게 돌아가는지 어렴풋이나마 깨닫는 나이를 일곱 살로 친다면 전쟁을 몸으로 체험한 세대들은 대부분 환갑을 넘어선 셈이다. 우리 국민들 대부분에게 6 · 25는 이제 체험이 아닌 관념으로만 존재한다.

6 · 25는 여러 가지 이름을 가지고 있다. 남한에서는 6 · 25 사변이라는 말이 널리 쓰이다 요즘은 '한국전쟁'이라는 말로 통일되어 가고 있다. 남한의 일부 친북세력은 '통일전쟁'이란 말을 쓴다. 북한의 '조국해방전쟁'이라고 말과 일맥상통한다. 중국에서는 '항미원조(抗美援朝)전쟁'이라고 부르는데, 미국에 맞서 조선을 도운 전쟁이라는 뜻이다.

미국에서는 '한국전쟁'(Korean War)으로 통하지만 미국정부의 공식용어는 '한국분쟁'(Korean Conflict)이다. 미국에서 전쟁이란 이름이 붙기 위해서는 대통령의 선전포고와 의회의 승인이 필요하다. 미국의 한국전쟁 개입은 선전포고와 의회승인을 걸친 전쟁의 참전이 아니라 국제분쟁해결을 위한 유엔의 경찰행위에 참가하는 형식으로 이루어진 것이다.

　미국에서 통용되는 한국전쟁의 또 다른 이름은 '잊혀진 전쟁'이다. 미국인에게 자랑스러운 전쟁이었던 2차대전과 치욕의 전쟁이었던 베트남전쟁 사이에 있었던, 기억하고 싶지 않은 무승부 전쟁이 한국전쟁이었다. 한국과 동아시아가 떠오르면서 오늘날 미국인에게 한국전쟁은 점차 의미 있는 전쟁으로 재평가받고 있지만 정작 당사자인 대한민국에서는 잊혀지고 있다.

　한국전쟁은 한때 미국이 포기하려 했던 대만의 장개석 정권이 기사회생하는 계기가 되었다. 프랑스가 떠난 베트남에 미국이 개입하는 계기를 만들어 15년 베트남전쟁의 씨를 뿌렸다. 중국은 대만통일의 기회를 잃었고, 20년간의 봉쇄를 감내해야 했다. 일본은 한국전쟁 특수에 힘입어 1952년에는 태평양전쟁 이전의 생산력을 회복하고 경제강국으로 가는 기반을 마련했다.

　미국과 싸우던 중국은 외환보유고 1조 2천억 달러의 경제적 강자가 되었다. 중국, 일본, 한국, 대만, 홍콩이 지닌 외환보유고를 다 합치면 3조 달러 가까이 된다. 모두 미국을 딛고 번 돈이다. 베트남도 개방을 통해 제 갈 길을 가고 있다. 한국전쟁보다 22년 뒤에 종전을 맞은 베트남의 국가수반이 미국을 방문할 정도로 세상은 바뀌었다. 개방을 외면하고 군사노선을 고수하다가 국민을 제대로 먹이지도 못하는 지경에 이른 북한의 현실이 안타깝다.

(2007. 6.)

우측 통행이 옳다

7월 1일부터 인치, 평, 근 같은 비법정 도량형 단위 사용이 전면 금지된다. 세 번 적발되면 과태료가 50만 원이다. 작은 불편도 참아내지 못하는 사람들의 불만이 이곳저곳에서 터져 나온다. '삼천리강산'을 '1,200킬로미터 강산'이라고 표기해야 하느냐는 비아냥거리는 소리도 나온다. 그러나 다소 불편하더라도 표준을 바로 세워야 한다.

우리 주변에는 아직도 불합리한 표준을 고치지 못한 것이 많다. 보행자는 좌측 통행을 하도록 한 도로교통법이 그 대표적인 예다. 차량과 사람 모두 우측 통행을 하는 것이 국제기준이다. 차량이 우측 통행을 하면 사람도 우측 통행을 하는 것이 교통안전상 바람직하다. 달려오는 차를 마주 보면서 걷는 것이 위험을 피하는 데 더 유리하다. 그러나 우리는 차량은 우측 통행, 사람은 좌측 통행을 하도록 정했다. 이 때문에 우측 통행에 익숙한 외국인들은 한국의 거리에서 상당한 불편을 겪는다. 마찬가지로 한국인도 외국에 가면 불편을 겪는다.

지하철도 서울시 부분은 우측 통행인데 철도공사 관할 노선은 좌측 통행인 것도 우습다. 좌측 통행은 일제시대의 유물인데 해방 후 국제표준인 우측 통행과 뒤죽박죽을 만들어 버린 채 오늘날까지 방치한 것이다.

서울 송파구청이 이러한 불합리한 도로교통법에 반기를 들고 독자적으로 우측 통행을 도입하겠다고 나섰다. 세계보건기구가 정하는 안전도시로 공인받기 위해 7월 중 우측 통행 선포식을 갖고 도로교통법 개정운동도 벌이겠다고 한다. 얼마 전 동사무소를 없앤 마포구의 사례처럼 지방이 중앙을 바꾸는 또 하나의 좋은 사례가 만들어지기를 기대한다.

아예 표준이 정해지지 않아 불편과 혼란을 겪는 일도 있다. 영문으로 이름을 표기하는 방식이 좋은 예다. 중국은 성이 먼저 이름이 나중, 일본은 이름이 먼저 성이 나중으로 쓰는 관행을 일찍부터 정착시켰다. 우리나라의 경우 '국어의 로마자 표기법'이 있기는 하지만, 대통령 이름표기 방식은 성이 먼저 이름이 나중이고, 보통사람들은 제멋대로 쓴다. 그러다 보니 버지니아공대 총격사건의 조승희는 미스터 '조'도 되고 '승'도 되고 가끔은 '희'도 되었던 어처구니없는 일이 벌어졌다. 지금이라도 우리 이름 표준영문표기방법을 만들어야 한다.

일년 후면 건국 60주년인데 아직도 이런 기초적인 부분의 표준조차 정해지지 않은 것은 좀 창피한 일이다. 불합리한 표준은 바로잡고, 표준이 없으면 새로 만드는 노력이 절실하다. 표준이 바로서면 서로의 생활이 편해진다.

(2007. 7.)

양무호와 독도함

우리나라의 첫 서양식 군함은 대한제국의 양무(揚武)호다. 기울어 가는 대한제국 못지않게, 1903년 7월 도입된 양무호는 기구한 사연을 지니고 있다. 포함의 위력을 절감한 대한제국 조정에서도 나라를 지키고 황제의 위엄을 세우려면 군함이 있어야 한다는 주장이 나왔고, 이 틈에 끼어든 일본이 중고 화물선을 군함처럼 꾸며서 팔아먹은 것이 양무호였다.

양무호는 1888년 영국에서 건조된 3,432톤의 화물선이었다. 일본의 미쓰이물산이 선령 6년 된 것을 사들여 화물선으로 사용하다가 경제성이 떨어지자 대한제국에 팔았다. 영국에서 25만 원에 사온 배를 9년이나 쓰다가 구조를 바꾸고 고물 대포를 달아 55만 원에 팔았으니 미쓰이는 꿩 먹고 알 먹은 셈이다.

양무호 도입계약을 했으나 대한제국은 이를 인수할 재정능력이 없었다. 선박대금 1차 분할금 지불마감일을 두 달이나 넘기고 나서 20만 원을 지불하고 선박을 인수했다. 대한제국 군부대신이 함장이 되고 승선함장으로는 조선인으로는 처음으로 일본 상선학교를 졸업하고 실습까지 마친 신순성(愼順晟)이 임명되었다.

1904년 2월 러일전쟁이 터지자 일본은 제멋대로 양무호를 일본 함대에 편입시켜 첩보선과 화물선으로 사용했다. 대한제국이 '강탈 운행'에 항의하자 일본은 용선료를 지불하겠다면서 무마했다.

1905년 러일전쟁이 끝났지만 양무호는 인천항으로 돌아오지 않고 일본 사세보항으로 끌려갔다. 승전으로 대한제국의 국정을 마음대로 주무르게 된 일본은 선박대금 잔금에 이자까지 얹어서 받아낸 후 양무호를 다시 화물선으로 개조하여 대한제국에 넘겨주었다. 을사보호조약에 따라 외교 군사권을 일본에 양도했으므로 이제는 군함이 필요없다는 것이 이유였다.

만신창이 고물 화물선으로 되돌아간 양무호는 인천으로 돌아왔으나 배가 너무 커서 쓸모가 없었다. 해양요원 양성용으로 쓴다고 부산으로 옮겼다가 1909년 공매를 통해 일본인에게 헐값으로 팔려 운항되다가 1916년 동지나 해역에서 침몰했다.

지난주 우리 손과 우리 기술로 만든 아시아 최대의 상륙함 독도함(1만 4천 톤)이 취역했다. 독도호는 지난 5월 진수한 이지스 구축함 1호 세종대왕호와 함께 우리 해군의 주력함이 될 것이다. 나라를 지키는 일에 써 보지도 못한 우리 군함 1호 양무호를 생각하면 격세지감을 느끼지 않을 수 없다. 나라를 지킬 힘과 의지가 없으면 대한제국의 역사는 되풀이 될 수밖에 없다. 그것이 양무호가 주는 교훈이다.

(2007. 7.)

환경 퍼스트 레이디

지난주 94세로 별세한 존슨 전 미국대통령의 부인 레이디 버드 존슨은 '환경 퍼스트 레이디'로, 그리고 야생화보호운동의 선구자로 아름다운 족적을 남겼다. 미국의 고속도로가 오늘날처럼 아름다워진 것은 버드 여사 덕분이라는 말도 있다. 존슨 대통령 시절 '하이웨이 미화법안'을 만들어 고속도로변의 광고와 간판을 철거하고 야생화와 나무를 심도록 만든 사람이 바로 버드 여사였기 때문이다. 이 법의 별칭은 '레이디 버드법'이다.

케네디가 피살되어 갑자기 대통령이 된 남편을 따라 백악관에 들어간 버드여사는 먼저 수도 워싱턴 미화 캠페인을 시작했다. 대국의 수도답지 않게 낡고 지저분한 워싱턴을 정원도시로 바꾸는 이 운동은 전국의 도시로 확산되었다. 버드 여사의 공적을 기리기 위해 워싱턴 D.C.의 컬럼비아 섬은 레이디 버드 존슨 공원으로 개칭되었다.

존슨 대통령은 월남전 때문에 인기 있는 대통령은 못되었지만 환경보전 정책에서는 디어도어 루즈벨트와 프랭클린 루즈벨트 이래 가장 큰 업적을 남긴 대통령으로 꼽힌다. 버드 여사의 조언과

입김이 컸기 때문이다. 퇴임 전 존슨 대통령은 각종 환경관계 법안에 서명을 한 50개의 만년필을 버드 여사에게 선사했다. 만년필과 함께 준 기념패에는 "나와 수백만 미국인들에게 우리 국토를 보전하고 이 나라를 미화하는 영감을 준 레이디 버드에게, 사랑하는 린든"이라고 새겨 있었다.

버드 여사는 환경정책뿐 아니라 빈곤퇴치운동에도 큰 업적을 남겼다. 1965년 입법된 저소득층 미취학아동 지원프로그램인 헤드 스타트(Head Start)도 버드 여사의 작품으로 꼽히고 있다. 이 프로그램으로 매년 90만여 명의 어린이가 혜택을 받고, 지금까지 2천 3백만여 명이 혜택을 받았다.

임기가 끝나고 고향 텍사스로 돌아온 버드 여사는 70세가 되던 해 24만 평방미터의 땅과 기금을 출연하여 '미국야생화연구센터'를 세웠다. 이 센터는 미국의 자생식물을 보호하고 연구하여 자연경관 보존을 위한 연구와 인력을 양성하였으며, 오늘날 113만 평방미터의 부지 위에 현대식 건물과 재배시설을 갖춘 미국의 대표적인 야생화연구소로 발전했다. 최근 그 이름을 '레이디 버드 존슨 야생화센터'로 바꾸고, 텍사스대학의 부설기관으로 편입되었다.

퍼스트 레이디가 뜻이 바르고 능력이 있으면 국가와 사회를 위해 얼마든지 중요한 일을 할 수 있다는 것을 버드 여사는 평생 실천으로 보여 주었다. 대통령의 능력도 중요하지만 그 배우자의 사람됨도 중요하다.

(2007. 7.)

과학기술을 아는 대통령

내일 퇴임하는 압둘 칼람 인도 대통령은 인공위성과 핵무기, 그리고 전략미사일 개발의 산파역을 한 과학기술자 출신이다. 대통령이 되기 전인 1990년대에 그는 한 소녀를 만나 "너의 꿈은 무엇이냐?"고 물었다. 소녀는 "선진국이 된 인도에 살고 싶어요."라고 대답했다. 칼럼은 인도가 2020년까지 지식초강대국이 되어 세계 4대 선진국으로 발전시키는 구상을 담은 『2020년의 인도: 새천년의 비전』이라는 책을 써서 그 소녀에게 주었다.

이 책은 인도의 젊은이들에게 꿈과 사명감을 주었다. 젊은 엘리트들은 자발적으로 'Dream India 2020' 운동을 일으켜 사회 각 분야에서 칼럼의 비전을 실현하는 데 나서고 있다. 그는 과학이 사회의 여러 문제를 해결할 수 있다는 신념을 가지고 인도인에게 과학기술 마인드와 기업 마인드를 심어 주려고 노력하였다.

평생 청빈과 검약을 실천한 그는 채식주의자에 술도 안 마시고 결혼도 안 했다. 대통령이 되기 직전 그는 대학에서 후진을 양성하면서, 2003년까지 10만 명의 인도 과학영재들과 만나 대화를 한다는 목표를 세웠다. 2002년 4만 명까지 만났을 때 그는 대통령에 당선되어 젊은이와 만나는 것을 중단해야 했다. 이제 5년 임기가 끝난 그는 다시 가방 2개만 들고 대통령 관저를 나와 평생 살았던 6평짜리 단칸방으로 돌아가서 나머지 6만 명의 영재들과 만나는 일을 계속할 참이다.

국가 원수가 과학을 안다는 것은 중요한 일이다. 마이크로 소프트의 빌 게이츠는 중국 최고지도자들의 첨단 과학기술에 대한 높은 이해와 수용 능력이 변호사 출신 미국 대통령들의 과학기술에 대한 무지와 너무 대조적이었다는 말을 한 적이 있다. 후진타오 주석과 원쟈바오는 각각 수리공학과 지질공학 엔지니어 출신이다. 중국의 거국적인 과학기술 드라이브 정책은 지금 세계가 긴장하게 하고 있다. 미국은 과학인력 부족으로 고민 중이다.

한국의 역대 대통령 중 과학기술에 가장 소양이 깊었던 사람은 포병장교 출신에 육사 탄도학 교관이었고, 미적분을 풀 수 있었던 박정희 대통령이다. 우리나라의 주요 과학 인프라가 마련되고 해외의 과학기술 인력들을 불러들인 것은 박 정권 때의 일이다. 지금 우리는 과학기술의 위기를 맞고 있다. 젊은이들은 이공계를 기피하고 해외의 우리 과학 영재들은 귀국을 꺼린다. 과학도들이 꿈을 잃고 있다. 올해 새로 뽑을 대통령은 과학기술의 중요성을 알고 젊은 과학도에게 꿈을 줄 수 있는 사람이길 기대해 본다.

(2007. 7.)

설악산 가는 고속전철

　설악산은 우리 국민이 아주 좋아하고 많이 찾는 관광지다. 이 무더운 날, 설악산의 찬 계곡물에 발을 담그고 싶은 생각이 간절하지만 교통체증을 생각하면 선뜻 나설 엄두가 안 난다. 전철을 타고 설악산과 낙산 해수욕장에 갈 수 있으면 얼마나 좋을까?

　일제 강점기에도 서울 사람들은 기차로 금강산 관광을 갔다. 당시 철도원으로 일했던 분의 회고담을 들어 보면 서울역에서 토요일 저녁 9시에 금강산행 열차 침대칸에 올라 한잠 자면 다음날 새벽 7시 내금강에 도착한다. 철원까지는 경원선 철로로 가고, 철원에서 내금강까지는 금강산 전기철도로 갔다. 하루를 넉넉하게 금강산 관광에 보내고 저녁 9시에 다시 침대칸에 올라 한잠 푹 자면 월요일 아침 7시에 서울역에 도착했다고 한다.

　건국 60년이 다 되어 가는데 국민관광 1번지 설악산에 철로도 없고, 그 흔한 고속도로도 못 깔았다는 것은 무언가 좀 잘못된 것이다. 먹고살기 어렵던 시절 굴뚝산업 위주로 인프라 투자를 하다 보니 쉬고 노는 일은 국민 각자가 알아서 하는 일로 여겨 방치해 왔다. 세상이 달라져서 소득 2만 달러 시대와 함께 주 5일 근무제

가 정착되어 레저가 시민들의 삶의 질에 매우 중요한 시대가 되었
다. 굴뚝산업보다 굴뚝 없는 관광산업이 알짜로 남는 산업이라는
것도 알게 되었다. 그러나 관광기반시설에 워낙 투자를 안했기 때
문에 관광자원이 제대로 활용되지 못하고 있다. 먹고 마시고 노는
행락지는 있어도 쉬고 재생산하는 휴양지는 없다. 국내의 바가지
요금과 열악한 시설에 질린 사람들은 해외로 나간다. 한 해 천만
명이 나가고 올해 여행수지적자는 160억 원에 이를 전망이다. 이
중 일부라도 국내에 유치한다면 어려운 지방경제 발전에 큰 도움
이 될 것이다.

관광산업은 국민복지와 직결된 문제이며 전망이 밝은 산업이다.
수도권 2천만 명이 지하철과 전철로 2시간 안에 동해안의 여러 관
광지까지 편히 갈 수 있는 시대를 서둘러 열어야 한다. 중국과 동
남아의 관광객도 인천공항에서 기차를 타고 우리 동해안 명승지에
쉽게 갈 수 있어야 한다.

서울과 춘천을 잇는 전철복선화 사업은 2009년까지 완공될 예정
이지만 춘천에서 설악산과 동해안으로 가는 노선은 착공도 못하고
있다. 말만 요란하고 실속은 없는 남북 철도 연결 사업에는 수천억
원의 세금을 쓰면서 국민의 삶의 질과 직접 관련된 이런 사업에는
여전히 둔감한 것이 우리 정부다.

(2007. 7.)

히로시마의 한국인 원혼

어제는 인류 역사상 첫 원자폭탄이 투하된 지 62주년이 되는 날이다. 히로시마에 원폭을 투하하여 일본의 항복을 앞당겨 더 많은 인명살상을 막고 우리나라의 해방을 앞당겼다. 그러나 우리 동포 상당수도 원폭에 희생됐다. 히로시마 '한국인원폭피해자위령비'에 봉안된 한국인 희생자 명단에는 2,628명이 올라 있지만 이는 빙산의 일각에 불과하다.

위키페디아는 한국인 원폭 사망자는 히로시마 2만 명, 나가사키 2천 명이라 한다. 이 통계를 따르면 우리 역사를 통틀어 하루 동안에 일어난 최대의 집단 피살 기록일는지 모른다. 이는 인류 역사상 원폭의 희생자가 일본인 다음으로 한국인이 많았다는 이야기도 된다. 수많은 한국인 무연고자들의 원혼이 아직도 히로시마를 떠돌고 있다. 삼가 고인들의 명복을 빈다.

히로시마와 나가사키에 핵폭탄이 떨어진 데는 우연의 요소도 적지 않았다. 워싱턴의 핵폭격표적선정위원회는 두 도시 외에 교토, 요코하마, 니이카타, 고쿠라 병참기지를 대상지로 골랐었다. 그러나 젊은 시절 교토에 신혼여행을 가서 그곳의 일본 문화에 매료당한 적이 있던 스팀슨 전쟁장관의 강력한 주장으로 교토는 제외되었다. 그 무렵까지 폭격을 전혀 당하지 않았기 때문에 핵폭탄의 피해를 정확히 파악할 수 있고, 분지형 지형이라 핵폭탄의 위력을 극대화할 수 있다는 점, 그리고 미군포로수용소가 없다는 이유로 히로시마가 첫 투하지로 선정되었다.

두 번째 투하지는 고쿠라가 1순위였고 나가사키가 2순위였다. 그러나 당일 출격한 B-29기는 고쿠라에서 짙은 구름을 만나 목표지점을 찾지 못했다. 설상가상으로 연료마저 떨어져 가자 서둘러 고쿠라 대신 나가사키에 폭탄을 투하하고 기지로 돌아간 것이다.

원폭 투하가 없었더라면 일본이 항복을 했을까? 이 물음은 원폭 투하의 당위성을 둘러싼 논쟁의 중심에 있다. 원폭 사용의 불가피성을 주장한 사람들은 반대파 제거에 암살과 계엄령도 마다하지 않는 일본 군부의 극렬성으로 보아 미군이 본토를 점령하기 전까지 일본은 항복하지 않았을 것이며, 오키나와 상륙 작전의 미군 사망자가 5만 명인 것으로 미루어 볼 때 본토 상륙에는 10만~50만 명의 미군과 이보다 더 많은 일본인이 사망하였을 수도 있다고 보았다. 반면 야전군 사령관이던 아이젠하워와 맥아더는 일본은 이미 돌이킬 수 없는 패배의 길로 들어섰기 때문에 굳이 원폭을 사용할 필요가 없다는 회의적 입장이었다고 전해진다.

(2007. 8.)

두 동강 난 8 · 15

다시 8 · 15를 맞는다. 광복절은 해방과 건국, 두 가지 경사가 겹친 국경일 중에서도 으뜸가는 국경일이다. 그러나 진정한 경축 분위기는 찾아보기 어렵다. 대다수 시민에게는 또 하루의 휴일일 뿐이며, 오토바이 폭주족에게는 광란의 밤거리 질주를 하는 날이다. 국경일이 요란한 것은 독재국가의 특징이라고 하지만 우리의 8 · 15는 너무 초라해졌다.

언제부터인가 8 · 15는 이념을 달리하는 단체들이 편을 갈라 시위를 하는 날이 되어 버렸다. 올해도 예외가 아니다. 한국진보연대는 대학로에서 '반미 반전 자주통일국민대회'를 열고, 반핵 반김 국민협의회는 서울종묘공원에서 '북핵폐기 자유민주통일 8 · 15국민대회'를 연다.

두 행사는 광복절이 시들해진 이유를 조금은 설명해 준다. 우리 사회 안의 보이지 않는 분단선이 8 · 15조차 두 동강을 낸 것이다. 해방 직후 생긴 좌우와 친탁 반탁의 경계선이 시공을 가로 질러 지금도 우리를 가르고 있는 것이다. 조용한 다수는 혼란스러워서 거리를 두고 물러나 있다. 집안이 편 갈라 싸우다 보니 무슨 잔치 분위기가 나올 수 있겠는가. 보신주의와 냉소주의만 판칠 뿐이다.

그러나 내년이면 정부수립 60돌이 된다. 환갑을 맞는 대한민국을 우리 국민은 어떻게 볼지 모르나 세계는 부러워하고 있다. 꼴찌 그룹의 나라에서 시작했지만 지금은 거의 모든 부문에서 10위권 안팎으로 올라가 있다. 경제적으로 성공했을 뿐 아니라 보수에서 진보로 정권교체를 이룩할 수 있을 정도로 성숙한 민주화도 이루었다. 이렇게 성공을 한 나라가 내년에 환갑을 맞는데 무의탁 노인의 잔치처럼 거론하는 사람도 없고 신경 쓰는 사람도 없는 것 같다.

그러나 대한민국을 소중히 여기고 박수 칠 준비가 되어 있는 국민은 많이 있다. 대한민국은 태어나지 말았어야 할 나라라고 생각하는 사람들이 아니라 평생 뼈가 휘도록 일하고, 세금 내고, 병역의 의무를 한 보통 사람들이다. 이들 중 건국과 함께 태어난 사람들이 내년에 집단으로 환갑을 맞는다. 이 나라는 그들에게 자랑스러운 나라이며, 그들도 후손들에게 그렇게 이야기하고 싶어한다. 내년의 건국 60돌 잔치는 우리의 자랑스러운 성적표를 자축하고 정체성을 확인하는 성대한 잔치가 되도록 서둘러 준비할 필요가 있다. 우리가 겪는 정체성의 위기는 민주화가 준 역설적 부산물의 하나다. 그러나 정체성을 잃으면 민주주의도 잃는다.

(2007. 8.)

북한이 홍수공화국을 면하려면

구한말 외국인들이 촬영한 우리나라 풍경사진 속의 산들은 거의 예외 없이 민둥산이다. 국토의 피폐가 극에 달한 모습이다. 경제사학자들은 조선왕조 몰락 원인 중 하나는 산림파괴와 농업생산 감소라는 실증적 연구를 내놓고 있다. 18세기 중반 이후 인구가 늘자 산지개간이 늘고, 연료용 나무도 더 많이 잘려 나갔다. 산림이 황폐해지면서 비가 내리면 토사가 논밭을 덮쳐 농업기반이 망가졌다. 19세기 말에 이르러 농업생산이 많았을 적에 비하여 1/3 수준으로 떨어졌다. 농업생산이 줄자 분배를 둘러싼 정치적 사회적 갈등이 심화되어 민란이 일어나 내부적인 붕괴와 해체가 시작되었다는 것이다.

북한지역을 촬영한 사진을 보면 구한말의 사진과 흡사하다. 계단밭 농법과 농촌지역 연료 부족으로 북한의 산들을 오래전부터 민둥산이 되었다. 최근 10년간 여름마다 되풀이되는 국지성 집중호우 현상으로 대규모 홍수와 농경지 유실은 연례적인 일이 되었다. 올해 북한의 수해는 '100년 만의 홍수' 라던 1995년과 피해 규모가 비슷한 것으로 보고 있다. 1995년 홍수로 북한은 300만 명이 굶어 죽는 '고난의 행진'을 해야 했다.

남한의 산이 대대적인 녹화사업으로 민둥산을 면한 것은 60년대에 들어서부터였다. 70년대에는 경제개발로 농촌에서는 하루 품을 팔면 보름치 연탄을 살 수 있게 되었다. 대규모 다목적 댐들이 차례로 준공되면서 되풀이되던 홍수도 막을 수 있었다. 이렇게 농업 기반이 안정된 후 신품종 벼의 도입과 국산비료의 대량공급이 이루어지면서 70년대 중반에 주곡 자급을 달성하였다. 남한이 국제경제에 합류하여 IBRD 등 외부의 자본과 자원이 대규모로 이 땅에 들어왔기 때문에 가능했던 일이었다.

북한이 홍수의 악순환을 끊으려면 남한이 60년대와 70년대에 밟았던 길을 착실하게 따라 해야만 한다. 이 문제는 '주체적으로'나 '우리 식대로', 또는 '통 크게' 해결할 수 있는 문제가 결코 아니다. 엄청난 투자와 자원이 들어가야 해결할 수 있는 일이다. 북한의 연간 수출액은 우리나라 1개 기업 수준인 20억 달러에 불과하다. 어렵게 획득한 외화도 대부분 핵개발 등 선군정치의 몫이 되고 있다.

가난한 북한, 굶주리는 북한 동포는 우리의 안보에도 도움이 못되고 민족 정서에도 맞지 않는다. 홍수가 날 때마다 원조를 제공하는 것은 언 발에 오줌 누기일 뿐이다. 그들이 획기적으로 변하지 않으면 아무도 이 문제를 근본적으로 해결하게 도와 줄 수 없다.

(2007. 8.)

대한민국의 법치 수준

진정한 부자 나라는 천연자원이 많은 나라인가, 공장, 도로, 항만, 주택 등이 잘 갖추어진 나라인가?

세계은행이 최근 발표한 연구보고서 「국가의 부(富)는 어디에 있는가: 21세기 자본 측정」에 의하면 이런 물질적 유형자본은 전세계 재산의 23%에 불과하다. 나머지 77%는 사람과 사회제도 등 무형자본이다. 부를 창출하는 지식과 기술을 가진 국민, 그리고 이런 경제활동을 지원하는 공정하고 능률적인 사회제도가 한 나라의 가장 큰 재산이다.

이 연구를 주도한 해밀턴 박사는 이 무형재산의 57%는 '법치'(rule of law)의 몫이고, 36%는 '교육'의 몫이라고 분석했다. '법치'가 바로 선 나라에서는 사법제도가 매우 능률적이고, 정부는 효율적이고 부패가 적다. 이런 나라에서 자본주의는 더욱 발전하고 지속적으로 더 많은 부를 창출한다. 21세기형 부국이 되려면 국민을 교육하고 법질서를 제대로 세우라는 것이 이 보고서의 결론이다.

세계은행은 매년 각국의 법치 수준, 정부의 능률성, 정치적 안정, 표현의 자유 등 6개 항목으로 된 거버넌스 지수(governance indicator)를 발표한다. 2006년도 발표에서 한국은 '법치'의 항목에서 72.9%를 받았다. 한국보다 나은 나라가 17.1% 있고, 한국보다 못한 나라가 72.9% 있다는 뜻이다. 90% 이상을 받은 법치 우등생 나라는 20개국인데, 아시아에서는 싱가포르(95.2), 홍콩(90.5), 일본(90) 3개국 뿐이며, 나머지는 유럽과 북미 국가다.

법치 우등생 20개국은 모두가 경제적으로도 우등생이다. 이들은 명실상부한 선진국이라고 할 수 있는 나라들이다. 지난 주 영국 이코노미스트가 선정 발표한 세계에서 가장 살기 좋은 도시 10개가 속해 있는 나라들은 모두 법치 지수에서 94% 이상을 받은 나라들이다.

법치는 부자 나라를 만들고 살기 좋은 나라를 만드는 비결인 셈이다. 그러나 우리의 법치 지수는 OECD 30개국의 평균인 90%와는 거리가 멀다. 또 지난 10년간 70% 대 초반에서 제자리걸음을 하고 있다. 인당 국민소득이 선진국 수준에 접근했지만 선진국 대우를 못 받는 이유가 바로 이런 데에 있을 것이다.

물질적 유형자본을 늘리겠다는 공약을 내놓는 대권주자는 있지만 법치 확립과 인적자원 개발 등 21세기형 무형자본에 대한 뚜렷한 비전을 제시한 후보는 보이지 않는다. 대권주자들이 내놓은 공약이 너무 구태의연하다.

(2007. 8.)

아마추어의 나라

성경을 우리말로 처음 번역한 사람은 영국인 선교사 존 로스였다. 그는 외국인의 입국을 금한 조선에 들어오지 못하고 압록강 북안에 머물면서 조선인 서상륜, 이응찬 등의 도움을 받아 누가복음과 요한복음을 중인들이 사용하는 말로 번역하여 1882년 출판했다. 1883년 수정본을 내면서 '하느님'을 '하나님'으로 바꾸었고, 그것이 지금까지 그대로 이어져 오고 있다. 1887년에는 『예수셩교젼셔』 5천 부를 찍어 선교에 사용했다.

로스 선교사는 한글 사용 확대에 획기적인 전기를 마련했을 뿐 아니라 한글로 된 최초의 베스트셀러를 출판한 셈이다. 이만열 교수는 이처럼 영적 양식인 성경이 초기에 제대로 공급되었기 때문에 한국은 세계 선교사상 유례가 없는 교회 성장을 이룩하였다고 지적했다.

존 로스는 고국에 보낸 편지에서 중국에 보낼 선교사는 최고 수준의 인재여야 한다고 건의했으며, 그 자신이 최고의 수준임을 보여주었다. 그는 조선어를 배워 가며 성경을 번했을 뿐 아니라 최초로 조선 역사와 조선어 문법책을 영어로 집필했다. 그는 선교 대상지에 대한 상세한 정보를 가지고 있었고 어떻게 접근해야 할지 알고 있는 프로페셔널이었다.

120여년 전의 로스 선교사와 비교할 때 위험 지역으로 나가는 우리의 선교 인력들은 과연 준비된 사람들인가? 그들은 현지어를 유창하게 말할 수 있는가? 현지 문화와 종교를 잘 알고 존중하는가? 현지인의 보호를 받을 수 있는 네트워크를 가지고 있는가? 그들은 한국교회의 최상급 인재들인가?

그러나 적어도 이번 아프가니스탄 인질 사태를 놓고 본다면 우리 교회의 선교 인력은 전문지식도 네트워크도 없이 문명충돌의 한 복판으로 뛰어든 무모한 아마추어들이다. 아마추어의 실수는 프로들에게도 영향을 미친다. 이번 한국인 인질사태가 위험지역에서 활동하는 다른 NGO 봉사자들의 활동을 위축시키고 안전을 위협한다는 것이 해외 언론의 따가운 비판이다. 테러리스트들에게 미디어를 장악하고 활동자금을 확보하는 성공 사례를 보여 주었기 때문이다. 성공한 범죄는 모방범죄를 부추긴다.

소중한 국민의 목숨을 지켜냈다는 성과는 거두었지만 우리 정부는 뒷거래로 테러리스트에 승리를 안겨 준 원칙 없는 나라로 각국 정부의 비판을 받고 있다. 비밀정보기관의 총수가 언론 카메라 앞에서 신분을 노출하며 무용담을 늘어놓은 것도 프로답지 못하다. 한국은 시민도 교회도 정부도 모두 미숙한 아마추어의 나라임을 전세계에 과시한 셈이다. 그 만큼 국격이 손상을 입었다.

(2007. 9.)

"시끄러운 아침의 나라"

우리나라를 처음 방문한 한 독일 언론인은 서울발 기사에서 한국은 '고요한 아침의 나라'가 아니라 '아침이 시끄러운 나라'라고 썼다. 독일 사람들은 소리에 매우 민감하고, 생활소음에 까다롭다. 세입자에게 10시 이후의 샤워 금지를 규칙으로 정해 놓은 집주인도 흔히 볼 수 있다. 개 짖는 소리가 이웃에 피해를 주지 않도록 애완견의 성대 제거수술도 마다하지 않는 사람들이다.

그런 환경에서 살아온 그 기자에게 서울의 거리를 메운 자동차의 소음, 건축 공사장의 굉음, 길가에 내놓은 스피커, 트럭 행상과 고물 수집상의 확성기 소리, 버스와 택시에서 억지로 들어야 하는 라디오 소리 등 도처에서 만나는 소음은 좀 충격적이었을 것이다.

우리는 소음공해 속에 살고 있다. 불만이 많아도 대책이 없는 경우가 많다. 아무데서나 휴대폰을 꺼내들고 큰 소리로 전화를 걸고, 심야에 주택가에서 오토바이가 전속 질주를 한다. 아파트 이웃의 피아노 소리와 아이들이 발 구르며 뛰어다니는 소리, 그리고 애완견의 짖는 소리가 한밤중까지 들린다. 그러나 시비를 걸면 지저분한 싸움이 되기 십상이다.

소음과 진동에 대한 민원은 폭발적으로 늘어나고 있다. 환경부에 의하면 2001년도 6년간 소음배출업소는 18% 늘어났는데 관련 민원은 1만 2,160건에서 3만 2,800건으로 2.7배나 늘었다. 이중 생활소음 민원이 93% 이상이고, 수도권의 민원이 65%이다. 우리 사회도 소음에 더욱 민감해지고 있다는 증거다.

소음으로부터의 해방은 맑은 공기, 깨끗한 물과 마찬가지로 삶의 질과 직결된 문제다. 행복하고 건강하게 살기 위한 기본권의 문제다. 소음과 진동에 대한 시민들의 민원이 느는 것도 삶의 질에 대한 권리 주장으로 보아야 할 것이다.

정부는 작년부터 시민들의 편에 서서 '생활소음 줄이기 종합대책'을 추진 중에 있다. 정부가 중점적으로 관리하는 공장, 공사장, 교통시설, 생활시설, 항공기 등의 소음공해는 이런 노력으로 상당한 성과를 거둘 수 있을 것이다. 그러나 시민들의 에티켓 영역에 속하는 휴대폰 예절, 공동주택의 생활예절, 대중교통시설의 소음에는 대책이 없다.

고요한 아침의 나라가 되려면 시민영역에서 대대적인 소음추방운동이 필요하다. 한국은 세계에서 가장 깨끗한 지하철, 가장 청결한 화장실을 가진 나라다. 마음만 먹으면 가장 정숙한 도시를 만드는 것도 결코 어려운 일이 아닐 것이다.

(2007. 9.)

가난한 도서관

한국은 책의 나라다. 유럽 사람들이 양피지에 손으로 글씨를 써서 책을 만들 때 고려와 조선에서는 금속활자와 종이로 책을 만들었다. 우리 문화의 정수는 종이와 붓과 먹으로 창조되고, 목판과 주자(＝활자)로 인쇄되어 보급되었다. 우리 조상들은 피라미드나 앙코르 와트처럼 거대한 영조물을 만들지는 않았지만, 그 보다 생명력이 더 길고 질긴 책과 문자의 문화를 만들어 오늘의 대한민국을 가능하게 했다.

책의 나라답게 우리나라의 출판활동은 물량면에서는 세계 상위급이다. 2006년 우리나라에서 발간된 출판물은 3만 8천 종이나 된다. 만화까지 합치면 4만 5천 종이 넘는다. 우리보다 더 많은 종류의 책을 출판하는 나라는 영국, 독일, 미국, 스페인, 일본 정도이며, 프랑스와 러시아와는 우리와 비슷한 수준이다. 한국어 상용인구수를 생각하면 놀라운 일이 아닐 수 없다.

그러나 도서관 사정을 보면 책의 나라라고 주장하기가 좀 부끄러워진다. 현재 우리나라의 공공도서관은 564개다. 인구 8만 6,865명당 도서관이 1개 있는 셈이다. 스페인은 8,040명, 독일은

9,500명, 영국은 13,000명당 1개다.

　정부는 공공도서관을 2013년까지 875개로 늘려 도서관당 인구를 5만 명으로 낮춘다는 계획이다. 이를 위해 매년 300억 원 정도를 지원하고 있다. 그러나 건물만 지으면 도서관이 되는 것이 아니다. 도서관의 컨텐츠를 알차게 채워 놓고 사람을 불러들이는 일이 중요하다. 우리 도서관의 국민 1인당 장서수는 겨우 1.01권이다. 미국은 우리보다 2.8배, 일본은 1.9배이다. 금년도 전국 공공도서관의 도서구입비는 겨우 443억 원으로 전체 예산의 10.5%에 불과하다. 연간 2조 2,000억 원에 이르는 출판시장에서 공공도서관의 기여율은 2%밖에 안된다. 각종 세금은 크게 늘고 정부의 씀씀이도 커졌지만 도서관은 여전히 가난하다.

　출판과 도서관은 서로 상생관계에 있다. 도서관의 도서 선정과 구입은 출판문화의 중요한 지킴이 기능을 한다. 도서관이 좋은 책의 손을 들어 주면 양서출판이 활성화된다. 이런 도서관의 기능을 활용하는 것만큼 확실한 문화진흥정책도 드물다.

　책은 모든 문화컨텐츠의 기초자원이다. 출판왕국 영국에서 해리포터 시리즈와 같은 대박이 터진 것은 결코 우연한 일이 아니다. 영국은 한 해 11만 종의 책을 발간하여 단연 세계 최고를 자랑한다. 우리의 출판문화가 문화산업 전체에 활력을 주려면 도서관이 지금처럼 가난해서는 안 된다.

(2007. 9.)

북한, 시리아, 이란

북한핵의 시리아 이전 의혹이 제기되면서 북한, 시리아, 이란의 삼각관계가 새로운 조명을 받고 있다. 북한의 핵물질 해외 이전은 엄격한 금기 사항으로 되어 있지만 북한의 미사일 문제는 6자회담 의제 밖의 일이고 미국이 관여할 수 없는 영역이다.

시리아는 지난 15년 동안 북한에서 사들인 60~120기의 스커드 C형 미사일을 지닌 중동 최대의 미사일 보유국이다. 시리아는 또 북한이 이란에 판매한 1억 달러 상당의 미사일 부품과 기술의 육상 통행로를 제공하고 있는 것으로 알려졌다.

이란과 시리아가 합작하여 북한의 도움을 받아 2억 5천만 달러짜리 미사일 조립공장을 시리아 안에 만들고 있는 것도 이미 알려진 사실이다. 북한, 이란, 시리아 세 나라는 미사일 관련 기술과 시험발사의 자료를 상호 교류하여 공동으로 성능 개선작업을 하고 있는 것으로 서방 정보기관은 보고 있다.

세 나라의 미사일 협력은 미국과 이스라엘의 이익과 정면으로 충돌하고 있다. 시리아의 핵 의혹은 이러한 대립 구도에서 빚어진 주요 사건이다. 미사일 탄두에 재래식 폭약 대신 화학무기를 장전하면 살상력은 더 증가한다. 시리아는 대량의 화학무기를 보유하고 있고, 북한의 기술을 빌려 미사일에 화학무기 탄두를 장착하여 실전배치를 한 것으로 알려져 있다. 시리아와 이란이 보유한 미사일에 핵탄두를 장착하면 중동의 세력균형은 깨지고 이스라엘의 생존은 근본적으로 위협을 받게 된다.

핵 위협이 감지되면 외교적 해결을 기다리기보다는 우선 부셔놓고 보자는 것이 이스라엘의 전략이다. 1981년 이스라엘은 이라크의 오시라크 핵시설을 기습 공격하여 파괴한 일이 있다. 지난 9월 6일의 시리아 핵 의혹 시설 공격도 이러한 전례를 따른 것이다. 이스라엘이 얼마나 확실한 증거를 가지고 비밀작전에 나섰는지, 이스라엘 특공대가 빼내 왔다는 핵관련 물질의 정체가 무엇인지는 아직은 비밀의 장막에 가려져 있다.

남북한 관계에 획기적인 전환점을 마련하겠다는 노무현 대통령, 내년도 베이징 올림픽을 주변의 잡음 없이 성공적으로 치루기 위해 모든 노력을 기울이는 중국, 북핵문제 해결과 한반도 평화체제 전환이라는 임기 말 업적에 눈독을 들이는 부시 미국대통령은 6자회담의 성공에 공동의 이익을 걸고 있다. 모두가 웬만한 일은 덮고 넘어가자는 입장이다. 그러나 이런 낙관적 기대를 일순에 뒤집어 놓은 지뢰는 곳곳에 깔려 있다.

(2007. 10.)

한글 르네상스

세종 임금이 훈민정음을 반포한 지 561돌을 맞는 아침이다. 전 세계 문자 가운데 생년월일을 알 수 있는 문자는 한글이 유일할 것이다. 서방 세계가 쓰는 알파벳은 로마 알파벳에서 빌려 온 것이고, 로마의 것은 그리스에서 빌려 왔다. 그리스 알파벳의 기원은 페니키아와 이집트로 거슬러 올라간다. 그러나 한글은 빌려 온 문자가 아니라 매우 과학적이고 독창적으로 만든 문자다.

손가락이 보이지 않을 정도로 빠르게 휴대폰으로 문자메시지를 보내는 우리 젊은이들을 보면 한글이 IT시대에 얼마나 잘 적응하고 있는지를 실감한다. 컴퓨터 한글자판에는 33개의 자음과 모음이 있지만 천지인(· ― ｜) 방식의 휴대폰 문자판에는 모음 3개와 자음 5개 등 8개의 키로 1만 1,172개의 음절을 만들어 낼 수 있다.

한글이 창제된 1446년경 서유럽 문화는 겨우 새벽을 맞고 있었다. 구텐베르크가 금속활자로 첫 책을 인쇄하고(1439년), 컬럼버스(1451년)와 레오날드 다 빈치(1553년)가 탄생하던 무렵이었다. 코페르니쿠스의 지동설이 나온 것은 한글보다 27년 뒤였고, 종교개혁을 한 마틴 루터가 태어난 것은 37년 후였다.

한글은 이처럼 인류사의 대변혁이 싹트기 시작한 시기에 만들어졌지만 문화사대주의에 밀려 빛을 보지 못했다. 한글이 우리 근대화에 기여하기까지는 400년 이상의 오랜 세월을 더 기다려야 했다. 한글 창제의 시기에 시작된 서구 근대화의 성과가 동아시아로 밀려들어 비능률적인 한자문화의 퇴장을 강요하게 되면서 한글 르네상스는 시작되었다.

한글은 이 땅에 신문화 신문학 운동을 일으켰고 단시일 안에 세계 최고 수준의 문자해독률을 가능케 했다. 한글이 없는 근대 한국문화의 컨텐츠는 상상할 수 없다. 한국과 한국인의 정체성을 가장 대표하는 것은 두말할 것도 없이 한글이다. 한국문화를 중국이나 일본과 확연히 구별 짓는 것이 한글이다. 한글은 현재 지구상 인구 60억의 1.3%가 사용하는 결코 만만히 볼 수 없는 문자다.

그러나 최근 우리 생활 주변에서 한글이 구박을 받고 있다. 한글날은 국경일에서 밀려났고, 한글보다 알파벳을 먼저 배우는 어린이들이 늘고 있다. 각종 미디어와 상품명에서 알파벳이 한글을 몰아내고 있다. 명품 행세를 하고 고급스러워 보이려면 한글이 아닌 알파벳으로 표기해야 한다는 통념이 활개를 치고 있다. 이는 줏대 없는 문화 사대주의의 표출일 뿐이다. IT 시대를 맞아 한글 르네상스가 제2의 도약을 하는데 모두가 뜻과 힘을 모아야 할 때다.

(2007. 10.)

스포츠와 정치오염

"서울올림픽은 가장 정치적으로 오염된 올림픽이었다." 92년 바르셀로나올림픽을 앞두고 후앙 카를로스 스페인 국왕이 한 말이다. 외신을 타고 이 말이 전해졌을 때 많은 사람들이 충격과 불쾌를 느꼈다. 그러나 냉정히 생각해 보면 카를로스 국왕의 말도 일리가 있었다.

서울올림픽은 유치 단계에서부터 신군부 세력의 집권기반을 다지려는 정치적 의도가 짙게 작용했다. 올림픽을 앞두고 민주화 운동이 거세어지면서 군사정권의 민주세력 탄압이 자행되는 서울에서 올림픽을 열어서는 안된다는 세계적 여론이 들끓었다. 서울올림픽은 위기를 맞았고, 대체 개최지로 여러 도시가 자천타천 나서기도 했다. 이 소동은 6·10 항쟁과 6·29 선언으로 수습되었다.

우리 정부는 서울 올림픽이 남북한 화해를 촉진하고 한반도의 영속적인 평화에 기여할 것이라는 홍보 논리를 폈다. 그러나 북한은 서울올림픽에 참가하지 않았고, 올림픽을 계기로 남북 간의 거리가 더 가까워지지도 않았다.

이 모든 것을 관점에 따라서는 '정치적 오염' 이라고 말할 수 있을 것이다. 우리는 스포츠를 스포츠논리로 접근하지 않고 통일과 민족화합, 국가발전, 통치기반강화 등 스포츠 외적인 틀에다 주조하려는 고질병을 가지고 있다. 올림픽 때가 되면 단골 메뉴로 남북한 단일팀 구성 제안이 나오는 것도 그 증상의 하나다.

남북의 체육관계자들은 베이징 올림픽 남북한단일팀 구성을 위해 그 동안 4차례나 접촉을 했으나 남측의 실력 위주 선발 주장과 북측의 5 대 5 동수 구성 주장이 맞서 아무런 성과를 거두지 못했다. 지난번 남북정상회담 때는 남측이 한발 물러서 5 대 5 구성을 원칙으로 단일팀을 만들자고 제안했으나 김정일 위원장은 "단일팀은 안되는 것으로 알고 있다."고 말했다. 그런데도 김정길 KOC위원장은 계속 단일팀이 성사될 수 있다는 말을 하고 있다. 국민들만 혼란스러울 뿐이다.

이제 우리도 발상을 좀 전환할 때가 되었다. 먼저 정치가 스포츠를 멋대로 재단할 수 있다는 발상부터 버리자. 남북한 선수들의 기량이 다른데 5 대 5로 단일팀 구성을 하겠다는 것은 그런 발상의 본보기다. 스포츠가 남북관계의 현실을 뛰어넘어 변화를 선도할 수 있다는 생각도 접어 두자. 남북 간의 실질적 관계가 달라져야 스포츠에서도 성과가 나타난다고 보는 것이 옳을 것이다. 또 까다로운 올림픽 단일팀 실현에 앞서 서울·평양 정기 축구전 등 남북 간의 정기적 스포츠 교류부터 성사하는 것이 사리에 맞는 일이다.

(2007. 10.)

평양 거리의 '왕차'

지난 19일 평양에서는 대북 '퍼주기'를 비판하는 사람들도 반대하지 않을 사랑 퍼주기 행사 하나가 조촐하게 거행되었다. '사단법인 어린이어깨동무'(공동대표 권근술 한양대 석좌교수, 조형 이화여대 교수, 지휘자 정명훈)가 평양에 새로 지은 평양 어린이식료품공장의 콩우유 공장 준공식이었다. 이 공장은 어린이 식품이 모자라 발육이 더디고 병치레가 많은 북한 어린이에게 양질의 단백질을 공급할 콩우유를 하루 50톤 생산한다. 건립기금은 남측의 어깨동무후원회원의 성금과 기업의 협찬금 등으로 마련했다.

어깨동무는 지난 2004년 50개의 병상을 가진 '평양 어깨동무 어린이병원'을 지었고, 병원 안에 하루 2톤의 콩우유를 생산하여 4,000명의 어린이에게 콩우유를 공급할 수 있는 공장을 운영해 왔다. 이번에 새로 지은 공장은 그보다 25배인 하루 10만 명에게 공급할 수 있는 콩우유를 생산한다. 어깨동무는 원산에도 콩우유공장을 지었고, 평양의학대학 병원에 병상 250개의 대형 어린이병동을 짓고 있다. 또 어린이 필기구를 만드는 학용품공장도 운영하고 있다.

북의 어린이들에게 콩우유는 생명의 양식이다. 북측도 이 사업에는 각별한 성의를 보이고 있다. 유류난으로 수송수단이 어려운데도 콩우유를 운반할 차량은 우선적으로 배정하고, 구급차처럼 통행 우선권을 가지고 있어서 어린이들로부터 '왕차'라는 별명으로 통한다고 한다.

70년대 KDI에 객원연구원으로 와 있던 영국의 경제학자는 한국의 저소득층 어린이들의 급양 개선에 정부가 적극 나설 것을 권유했었다. 유아기에 제대로 단백질 공급을 받지 못한 어린이는 뇌세포의 발달이 늦어져 자칫하면 영구히 지능이 뒤질 수 있어 사회적 불평등을 대물림하고, 사회적 부담 요인을 만든다는 것이다. 남쪽에서는 경제사정이 좋아지면서 이 문제를 상당히 해결했지만 만성적인 식량난에 시달리는 북의 사정은 70년대 우리의 저소득층보다 훨씬 더 심각하다.

제대로 먹지 못한 북한 젊은이들의 체격은 왜소하다. 행군하는 북한 정규군을 야외훈련 중인 소년단인 줄 알았다고 쓴 외국기자도 있었다. 체격의 크기보다도 분단의 고통이 북의 어린이들에게 대물림되어 불평등이 영구화되는 것은 더 큰 문제이다. 통일 세대는 지금의 남북 어린이들이다. 이들이 어깨동무를 하려면 키가 비슷해야 한다. 북녘 어린이를 돕는 것은 바로 우리 어린이의 미래를 준비하는 일이다.

(2007. 10.)

제대로 된 주말농장이 생긴다

　지난봄 필자는 "제대로 된 주말농장 없을까?"란 글을 아침카페에 올렸었다. 도시민들이 가족과 함께 텃밭 농사를 즐기는 주말농장의 환경이 너무 열악한 것을 지적하고, 도시민과 농민이 윈윈 게임이 될 수 있는 유럽형 주말농장을 우리나라에도 도입하자는 내용이었다.

　마침내 경기도가 용단을 내려 한국에서는 처음으로 '제대로 된 주말농장' 시범사업에 나섰다. 주말을 가족과 함께 느긋하게 숙식을 하면서 텃밭에 채소와 과수 등을 가꿀 수 있는 별장형 주말농장을 연내에 양평군 청운면과 연천군 백학면에 각각 5개씩 만들기로 한 것이다. 각 농장의 텃밭 면적은 495평방미터나 되고, 텃밭마다 1채씩 들어가는 바닥면적 26평방미터의 미니 2층 통나무집은 한 가족이 충분히 숙식을 할 수 있는 크기다. 경기도는 2010년까지 이런 농장 100개를 조성한다는 계획이다. 각 농장은 연간 200~400만 원에 임대를 하고 임대소득은 그 마을의 발전기금으로 쓰인다.

　농장 이름은 '클라인 가르텐'이다. 독일어인 이 말의 뜻은 '작은 정원'이지만, 독일의 클라인 가르텐법 규정에 의하면 텃밭 면적이 400평방미터 이하인 농장을 지칭한다. 독일에서는 19세기 후반부터 녹색공간이 없는 도시민에게 소형 주말 가족농장을 보급하려는 켐페인이 시작되었으며, 현재 약 100만 개의 클라인 가르텐이 있다. 또한 유럽 전역에는 주말농장이 300만 개나 있고, 지역별 국별 조합과 연합체가 있다. 이웃 나라 일본에서도 '클라인 가르텐'이란 이름의 별장형 주말농장이 전국 곳곳에 들어서고 있다. 경기도의 클라인 가르텐 시범사업이 성공하면 다른 지방자치단체에서도 뒤따를 것이다.

2005년 언구주택센서스에 의하면 우리나라의 도시화율은 81.5%로서, 인구 10명 중 8명 이상이 도시에 산다. 65세 이상의 노인인구의 비중을 보면 농촌지역(읍면지역)은 18.6%로 이미 고령사회의 기준치인 14%를 넘어 초고령사회(20% 기준)에 육박하고 있다.

고령인구의 사망과 농촌인구의 추가 도시 이동을 고려하면 머지않아 우리 농촌의 공동화는 심각한 수준에 이를 것이다. 공동화되는 농촌에 새로운 소득원을 만들고, 활력을 불어넣는 방안으로 클라인 가르텐 운동을 전국적으로 전개할 필요가 있다. 독일의 클라인 가르텐 운동은 주로 국공유지를 빌려서 쓰며, 조합이 주도하고 있고, 이를 보호 규제하기 위한 관련법이 마련되어 있다. 국공유지가 부족한 우리나라에서는 사유지가 이 목적에 사용되어야 하는데, 그렇게 하려면 관련법을 제정해야 할 것이다.

(2007. 10.)

도시가 좋다는 야생동물

멧돼지가 자주 도심까지 진출하여 소동을 벌이고 있다. 학교 마당으로 뛰어들었고 한강에 빠지기도 했다. 서울 주변의 산림이 울창해지고 국립공원과 군사보호구역이 넓어서 멧돼지의 낙원이 된 것이다. 작년도 환경부보고서에 의하면 북한산 송추지구와 아차산의 멧돼지 수는 100헥타르당 9.9마리로 전국 평균 3.7마리의 두 배 반이나 된다. 서울의 멧돼지 수가 1만 마리 이상이라는 주장도 있다.

멧돼지만 늘어난 것이 아니라 고라니와 너구리도 많이 늘어났다. 너구리는 양재천 등에서 어렵지 않게 발견되고, 북악산과 인왕산에도 살고 있다. 새끼를 5마리나 거느린 너구리 부부가 청와대 구내에서 발견된 적도 있다. 고라니는 고양시 일산구의 한강변에 많이 살고 있다. 야생동물이 늘어나는 것은 우리가 자연에 대해 그만큼 관대해졌다는 것으로 해석하여 반가운 일이다. 도시지역이 농촌지역보다 더 관대하다는 뜻도 된다.

야생동물이 도시로 몰려드는 일은 독일에서도 골칫거리가 되고 있다. 독일의 주간지 슈피겔에 의하면 뮌헨 시에서는 여우가 태연히 사람들과 함께 횡단보도를 건너는 것이 목격되기도 했고, 사람들이 손바닥에 얹어 놓은 먹이를 받아먹을 정도로 인간과 가까워지고 있다고 전한다. 뮌헨의 여우 개체 수는 평방킬로미터당 10마리로, 지방보다 3배 가까이 많다. 전문가들은 뮌헨에 2~3천 마리, 베를린에는 7~9천 마리의 여우가 살고 있다고 보고 있다.

　문제는 여우가 사람들에게 촌충을 퍼뜨린다는데 있다. 촌충에 감염된 쥐를 먹은 여우의 배설물 접촉을 통해 촌충은 사람에게도 옮을 수 있다. 촌충 알이 인체 안으로 들어오면 7년간의 잠복기간을 거쳐 발병을 하는데, 일단 감염이 되면 완치하는 치료법이 아직 없다. 그러나 독일인들은 여우를 도살하는 방법 대신 촌충 구충약이 든 여우 먹이를 살포하는 방법을 쓰고 있다.

　멸종 위기의 늑대가 옛 동독지역에만 30마리 정도가 사는 것으로 확인되었다는 보도도 있다. 이는 지난 200년을 통틀어 가장 많은 숫자라는 것이다. 노르웨이의 20마리나 스위스의 3마리에 비할 때도 많은 숫자이다. 야생동물 애호가들은 환영을 하고 있지만 양을 키우는 농가와 전통적인 사슴 사냥을 즐기는 사람들에게는 미운 존재가 아닐 수 없다. 그러나 늑대는 유럽연합 법령에 의해 멸종 위기 동물로 지정되어 엄격한 보호를 받고 있다. 우리나라의 여우와 늑대는 오래전에 멸종한 것으로 학계는 보고 있다.

(2007. 11.)

동해를 건너간 신라인들

포항에서 동해를 건너 마주 보이는 일본의 시마네 현의 해변에는 한국에서 해류를 따라 떠 내려간 물건들이 자주 발견된다. 과거 이런 해류를 타고 두 지역 간에 교류가 있었을 것임을 짐작할 수 있다. 이 방면에 대한 우리 학계의 연구가 별로 없는 가운데 오스트렐리아의 학자가 흥미 있는 논문을 발표하였다.

지난 주말 경주에서 열린 신라학 국제 심포지엄에서 시드니대학의 도날드 맥칼럼 교수는 「신라와 동해: 불교조각의 한일관계에서 잊혀진 지역」이란 논문에서 삼국시대에 신라와 일본 사이에 동해를 바로 건너는 해상교통을 통해 활발한 인적 문화적 교류가 있었으며, 신라의 불교문화가 그곳으로 전파되었다고 주장했다.

맥칼럼 교수는 한반도에서 일본으로 문화가 건너간 루트로 주로 거론되는 것은 대마도와 규슈를 거쳐 일본 내해를 통해 야마토의 본거지인 나라에 이르는 코스지만, 이에 못지않게 신라에서 바로 동해를 건너 일본의 이즈모 지방으로 가는 해로를 통해서도 활발한 교류가 이루어졌다는 점을 한일 학계가 주목을 하여야 한다고 지적했다.

맥칼럼 교수는 동해를 사이에 둔 한·일 두 지역 간의 인종적인 유대를 보여 주는 방증으로 경상남도와 사마네 현에 혈액형이 A형인 인구가 각각 42.16%와 42.8%로 사실상 같다는 점을 들었다. 또 이즈모 신사의 주신 스사노오노미코토(須佐之男命)가 하늘에서 내려와 신라에 머물다 이즈모로 건너왔다는 신화도 동해를 건넌 대량 이민이 있었음을 시사한다는 것이다.

신라가 당나라와 교류하면서 그곳에 신라인들의 사찰이자 여행객의 숙식편의를 제공하는 신라원을 두었듯이 일본에도 이에 해당하는 사찰들이 있었다. 「이즈모 풍토기」라는 옛 문헌에 '새로 지은 절'이란 의미의 신조원으로 등재된 10개의 사찰이 바로 이런 목적으로 지은 것이라고 맥칼럼 교수는 보고 있다.

그는 이시카와현의 약사사 삼존불을 비롯한 이 지방의 여러 불교 조각품들이 신라의 불교미술의 영향을 강하게 반영하고 있다는 것을 논증하면서, 일본의 불교미술사학자들이 신라의 직접적인 영향을 인정하지 않으려는 자세를 비판했다. 그는 동해를 통한 불교 문화의 일본 전파를 밝히는 것이 한·일관계사에서 동해에게 제자리를 찾아 주는 일이라고 했다.

동해의 명칭을 둘러싼 두 나라의 분쟁에서 우리 주장을 강화하기 위해서도 삼국시대 동해를 통한 한·일 교류에 대한 우리 학자들의 연구가 더 깊이 이루어져야 할 필요가 있다.

(2007. 11.)

시를 읽는 계절

초겨울이다. 따끈한 차 한잔을 앞에 놓고 시집을 펼치는 멋을 부려봄 직한 계절이다. 시를 읽는 사람을 희귀 인종으로 생각하는 사람도 있을 테지만 우리나라는 생각보다 시 독자가 많고 시집이 잘 팔린다. 청소년에게 인기 있는 서정윤 시인의 『홀로서기』는 3백만 부 가까이 팔린 것으로 알려졌고, 도종환 시인의 『접시꽃 당신』이나 최영미 시인의 『서른 살 잔치는 끝났다』는 모두 수십만 부가 팔렸다. 일본 문단도 한국 시인들의 활발한 활동을 소개하고 있다.

인터넷은 많은 사람들에게 글쓰기와 텍스트 읽기를 더욱 친숙하게 만들어 출판시장이 오히려 활성화된다는 견해가 있다. 우리나라 시집의 슈퍼셀러들도 이와 무관치 않을 것이다. 일본에서는 젊은 층의 문자메시지 활용이 폭발적으로 늘어나면서 하이쿠와 와카 등 일본 전통 단시(短詩)에 대한 젊은 층들의 관심이 크게 늘어나고 있다고 한다.

내년은 최초의 우리말 현대시로 꼽히는 최남선의 「해에서 소년에게」가 발표된 지 100년이 되는 해다. 현대시 탄생 100주년을 기념하여 한국시인협회는 평론가 등에 의뢰하여 한국 현대시 100년의 10대 시인을 선정하여 발표한 바 있다. 김소월, 한용운, 이 상, 정지용, 백 석, 윤동주, 서정주, 박목월, 김수영, 김춘수 등 10명이다. 여론조사기관이 조사한 한국인이 가장 좋아하는 시인 1위는 윤동주였다.

계간지 『시인세계』도 이번 겨울호에서 시인들이 뽑은 「나를 전율시킨 최고의 시구」를 소개하고 있다. 시인들이 가장 많이 거론한 시인은 김수영이었고, 그 다음이 서정주, 정지용, 이 상, 백 석, 윤동주, 김종삼, 김소월, 한용운, 이성복 순이었다.

시의 세계와는 멀어 보이는 정치인에게 좋아하는 시가 있느냐고 물었더니, 이명박 후보는 함석헌옹의 시 「그 사람을 가졌는가」를 좋아한다고 했고, 정동영 후보는 미국 시인 로버트 프로스트의 「내가 택하지 않은 길」을 즐겨 암송한다고 했다.

이명박 후보 애송시의 첫째와 둘째 연을 옮겨 본다.

만리 길 나서는 날 처자를 내맡기며
맘 놓고 갈 만한 사람 그 사람을 그대는 가졌는가
온 세상 다 나를 버려 마음이 외로울 때에도
'저만이야' 하고 믿어지는 그 사람을 그대는 가졌는가

정동영 후보 애송시의 마지막 연을 옮겨 본다.

먼 훗날 어디에선가 나는 탄식하며 이야기할 것입니다
'숲 속에 두 갈래 길이 있어 나는 사람이 덜 다닌 길을 택했지요
그리고 그것이 내 인생을 이처럼 바꿔 놓은 것입니다' 라고

(2007. 11.)

3조 원을 삼키고 더 나빠진 팔당호

팔당호는 2,000만 수도권 주민의 상수원이다. 그 중요성은 수변구역에 철책을 두르고 무장 보초를 세워야 할 만큼 막중하다. 그러나 오염 관리는 너무나 허술하다. 강변도로 곳곳에 음식점들이 난립하고, 무허가 음식점도 늘고 있다. 음식점은 가정집의 몇 십 배에서 몇 백 배의 오염물질을 방출한다.

강변의 가파른 산은 무참하게 잘리어 전원주택단지가 조성되고 있고, 새 건물들이 계속 들어서고 있다. 가장 심각한 것은 오염물질이 상수원으로 바로 흘러 들어가는 수변구역에서 비료와 농약을 많이 쓰는 경작이 이루어지고 있는 현실이다. 때로는 가축분뇨를 트럭으로 퍼다 붓기도 한다.

최근의 오염도 측정치는 우려가 현실임을 알려 준다. 정부가 2000년부터 한강 수질개선을 위해 퍼부은 돈은 3조 원이 넘는다. 그러나 환경부가 올해 조사한 팔당호의 산소요구량은 1리터당 3.6mg으로 2000년의 3.4mg보다 더 악화되었고, 물속의 부유물질, 대장균, 인, 질소는 3배 이상 늘어났다.

정부는 상수원을 보호하기 위해 지난 7년간 3,251억 원을 들여 한강 전체 수변구역의 3.1%인 6평방킬로미터를 사들였다. 경작을 막아 오염배출을 줄이고, 습지나 녹지를 만들어 수질을 보호한다는 것이 당초 목적이었다. 그러나 후속 관리를 제대로 하지 않아 예산만 낭비한 꼴이 되었다.

한강 수질 개선을 위해서는 우선 오염물질이 직접 흘러 들어가는 수변구역 정화부터 확실히 해 둘 필요가 있다. 그러나 막대한 국가예산을 들여 수변구역을 모두 사들이는 것은 현실적으로 불가능한 일이다. 정부의 매입대상 토지는 땅 주인이 팔겠다는 토지에 국한된다. 땅을 팔지 않겠다고 하면 대책이 없다.

그러나 해결책이 없는 것은 아니다. 그 중 하나는 수변구역 토지에 수도권 도시들이 사용할 가로수와 정원수 등 조경수목을 계약 재배하는 방안이다. 나무를 심어서 농작물보다 더 많은 수익을 올릴 수 있게 해 주면 농민들도 기꺼이 따라올 것이다. 수변구역의 땅을 정부가 장기간 임차하거나 관리권을 사들여 숲을 조성하는 방안도 있다.

물은 점점 귀해지는 자원이다. 대동강 물을 팔아먹은 봉이 김선달의 이야기는 지금은 현실이 되었다. 물이 귀한 이스라엘은 대형 탱커를 동원하여 터키의 강물을 사다 쓴다. 이웃 나라 중국도 연간 400억 톤의 물 부족을 겪고 있다. 언젠가 우리도 강물을 탱커에 담아 중국에 수출할 수 있을지 모른다.

(2007. 11.)

모두가 외면하는 북한 인권

사르코지 프랑스 대통령은 지난주 중국 방문에서 300억 달러의 대형 세일즈에 성공했다. 방문 첫 행사로 시안(西安)의 병마용(兵馬俑)을 방문하여 중국 문화에 존경을 표하고, 중국이 싫어하는 인권문제를 거론하지 않았기 때문에 거둔 큰 수확이었다. 반면 독일의 메르켈 수상은 9월 중국 방문 때 인권문제를 거론하여 중국의 비위를 긁어 놓고, 지난달에는 달라이 라마를 접견하여 중국 당국의 분노를 샀다. 중국은 보복조치로 양국 재무장관 회의를 취소했고, 중국 내 독일 기업들은 불이익을 받을까 전전긍긍하고 있다.

실리를 챙기는 프랑스식 외교와 원칙을 존중하는 독일식 외교의 극명한 대조를 보여 준 일이다. 프랑스는 한국에 고속전철을 팔 때도 미테랑 대통령이 선두에 나서서 로비를 했다. 계약 성사를 위해 한불 정상회담에서 병인양요 때 강화도에서 약탈해 간 규장각 도서의 반환까지 약속했다. 한국은 프랑스의 TGV를 택했고, 독일의 ICE는 고배를 마셨다. 그러나 규장각 도서는 돌아오지 않았다.

나치스와 유태인 학살의 역사적 멍에를 지고 있는 독일은 세계의 인권문제에 대해서 늘 높은 목소리를 낸다. 80년대 광주민주화

운동 때 앞장서서 국제여론을 이끌었던 나라는 독일이었다. 신군부 시절 사형선고를 받고 수난을 겪던 DJ의 신변안전을 가장 걱정해 주던 나라도 독일이었다. 심지어 DJ의 신변보호를 위해 1986년도 노벨상 후보로 DJ를 추천했던 것도 독일 의회였다. 그해 봄 전두환 대통령이 독일을 방문했을 때 바이재커 독일 대통령은 만찬 연설에서 대놓고 한국의 인권탄압을 신랄하게 비판했다. 당시 독일 신문들은 일제히 "바이재커, 전두환을 꾸짖다"란 타이틀로 이를 크게 보도했었다.

한국의 민주화 세력은 88올림픽을 한 해 앞두고 세계적인 민주화와 인권보호 압력 여론을 업고 6·10 항쟁을 성공으로 이끌었다. DJ는 대통령이 되었고, 남북화해를 이루어냈다는 공적으로 노벨 평화상을 탔다. 노무현정부는 인권위원회와 '진실 화해를 위한 과거사정리위원회'를 만들어 현재와 과거의 인권침해 사례를 낱낱이 찾아서 시정하고 있다. 그러나 DJ도 노무현도 현재진행형인 북한의 인권문제에 대해서는 나 몰라라로 일관하고 있다. 한국은 올해 유엔의 대북인권결의안에서도 기권을 했다. 12명의 대통령 후보들도 북의 인권에 대해 소신을 피력한 사람은 없다. 부끄럽고 창피한 일이다. 그래서 기회주의적인 프랑스의 외교적 승리보다 독일의 원칙주의가 겪은 패배가 더 아름다워 보인다.

(2007. 12.)

베풀 줄 모르는 한국인?

어려운 이웃을 생각하는 연말이다. 예년 같으면 사랑의 모금이 눈덩이처럼 커질 때인데 올해는 거센 선거바람 때문에 사랑의 온도계 눈금이 영 오르지 않고 있다. 자선모금의 삼위일체를 구성하는 시민과 기업과 미디어가 모두 선거에 몰두해 있기 때문이다.

그러나 자선 기부가 연말에 집중되고, 또 각종 미디어가 나발을 불어 분위기를 조성해야 모금이 되는 것, 그리고 개인보다 기업이 대부분의 돈을 내는 우리 현실은 건전한 일은 아니다. 올바른 기부 문화가 정착한 나라에서는 기부가 연중 균일하게 이루어지고, 기부액의 대부분은 기업이 아니라 개인이 낸다.

통계수치가 그것을 말해 준다. 보건복지부에 의하면 2006년도 자선모금액은 2,177억 원인데, 이 중 84%는 기업과 공공단체가 냈다. 개인이 낸 것은 16%에 불과한데, 이는 세계 최저 수준이고, 중국의 20%보다도 낮다. 세계공동모금협회 45개 회원국의 평균은 69.5%이며, 일본은 70%이다.

미국의 2005년도 총기부액은 2,600억 달러인데, 이중 83.2%를 개인이 냈다. 기업이 낸 것은 5.3%에 불과하며 나머지 11.5%는 각종 재단에서 나왔다. 미국인은 평균적으로 가구당 가처분소득의 2.2%를 기부하는데, 이 비율은 지난 40년간 거의 변화가 없다. 미국인 72%가 기부를 하며, 가구당 평균 기부액은 1,600달러다. 부자보다 가난한 사람이 돈을 더 잘 낸다. 연소득 2만 5천 달러 이하의 저소득 집단은 소득의 4.2%를 기부하는데, 이는 다른 모든 상위소득 집단보다 높은 비율이다.

이런 통계 수치를 보면 한국인은 기부에 인색한 국민이라는 평가를 면하기 어렵다. 그러나 한국의 각종 모금단체들이 시민들의 마음을 열고 참여를 이끌어 내는 노력이 부족했다는 것을 함께 지적하는 것이 공정할 것이다.

건전한 기부문화를 위해서는 작은 손이 더 중요하다. 전문가들은 가장 순수하고 안정된 기부금의 원천은 시민모금이라고 말한다. 시민모금은 '가치에 바탕을 둔 문화 바꾸기운동'이다. 운동이 성공하려면 더 많은 시민들이 마음을 주고 지갑을 열도록 만드는 노력과 기술이 필요하다. 기부를 한 미국시민들의 56%는 왜 기부를 했느냐는 질문에 "누군가 나에게 개인적으로 기부를 요청해 왔기 때문에"라고 대답했다. 힘들고 귀찮은 시민모금 노력은 안 하고 정부의 보조금이나 기업의 큰돈만 바라보면서 이익집단화한 우리 시민단체들이 귀담아 들어야 할 말이다.

(2007. 12.)

국군 포로와 납북자 데려오기

독일이 통일되기 전, 서독은 동독에게 돈과 물자를 주고 정치범을 빼내 왔다. 1963년 여름 34만 마르크를 주고 8명의 정치범을 서독으로 데려온 이후 1989년 독일이 통일될 때까지 26년간 이런 방식으로 서독이 자유세계로 데려온 동독의 정치범은 33,755명이었다.

정치범의 몸값도 초기에는 1인당 4만 마르크 선이었으나 나중에는 10만 마르크 선으로 올랐다. 이 사업은 서독정부의 용인 아래 독일개신교회와 동독의 KOKO란 관영기업이 창구가 되어 비공식적으로, 때로는 은밀히 추진했다. 해프틀링프라이카우프(Haeftlingfreikauf, 우리말로 하면 '구속자 몸값')으로 알려진 이 사업을 통해 서독이 동독에 지불한 돈과 물자는 모두 34억 마르크였다.

동독은 재정적인 궁핍 때문에, 서독은 인권과 인도적인 이유에서 이 프로그램을 추진하였다. 양쪽의 이해가 일치하여 이런 실용주의적인 윈윈 게임이 가능했던 것이다. 일부에서는 동독이 서독의 돈을 뜯어내려고 정치범을 더 많이 만들어 내고 있는 것이 아니냐는 의문을 제기하기도 했다. 또 정치범을 빼내 오는 것은 동독의 국내 비판세력의 저항을 줄여 줌으로써 동독 정권의 존속을 돕는 것이라는 비판도 있었다. 그러나 이 비밀 사업을 통해 그토록 많은 사람이 얻은 자유는 이 모든 부정적 평가와 비용을 상쇄하고도 남는다.

지난주 납북자가족모임과 피랍탈북인권연대가 대선후보들에게 국군포로와 납북자들을 송환하기 위해 과거 서독이 추진했던 것과 같은 '몸값'(Freikauf) 사업을 추진할 의향이 있는지 공개질의를 했다.

현재 남북자는 480명으로 집계되어 있다. 미송환 국군포로 중 생존자는 500명 정도일 것으로 정부는 보고 있다. 특히 국군포로는 북한사회의 최하위층으로 강제노역에 평생을 보냈고 이제 살 날도 별로 남아 있지 않다. 미국은 한국전쟁에서 죽은 미군의 유해까지 샅샅이 뒤져서 찾아가는데 우리는 산 사람도 못 데려오고 있다.

임기 말의 노무현정부는 대형 대북사업에 서둘러 대못질을 하면서도 이 문제는 외면하고 있다. 이재정 통일부장관은 일부 어부들의 월북 가능성을 언급해 가족들의 분노를 사기도 했다.

차기 대통령은 북에 억류된 국군포로와 납북자들을 모든 수단을 동원하여 데려와야 한다. 필요하면 서독이 했던 실용주의적인 방식을 원용할 수도 있을 것이다. 이 문제는 인권의 문제이자 대한민국의 정체성의 문제이기에 소홀히 해서는 결코 안 된다.

(2007. 12.)

청와대의 시공자와 입주자

청와대의 새 주인이 될 이명박대통령 당선자에게 청와대의 모든 시설물은 그리 낯설지 않을 것이다. 이 당선자가 현대건설의 CEO 시절 청와대의 주요 건물 대부분을 지었기 때문이다.

이 당선자는 박정희 정권 시절인 1977년, 38세의 나이로 현대건설 사장으로 취임했다. 취임하던 해 9월부터 현대건설은 외국 국빈 접견행사장으로 쓰일 영빈관의 설계와 시공을 맡아서 이듬해 연말 준공했다. 연면적 5,524평방미터의 영빈관은 당시의 첨단 건축기술과 최고급 자재로 지은 건물이다.

전두환 정권 때 현대건설은 전통 한식건물 상춘재를 지었다. 83년 4월 준공된 연면적 380평방미터의 이 건물은 한국을 찾는 국빈들에게 한국전통 생활공간을 보여 주는 용도로 쓰이고 있다.

노태우 대통령 재임 중 현대건설은 대통령 관저와 청와대 본관 공사를 맡아 90년과 91년 각각 준공했다. 청와대 본관 건물은 한국 최대의 한식 건물로 지금은 한국의 중요한 랜드마크가 되었다. 팔작지붕의 전통 한옥인 관저의 본채와 별채, 그리고 사랑채와 대문은 모두 강원도 강릉 지역에서 나오는 홍송으로 지었다. 이 밖에

69년 3월에 준공된 청와대 비서실 신관 건물도 이 당선자의 현대건설 재직 중 지은 건물이다. 이 당선자는 앞으로 5년간 일하고 쉬고 손님을 맞고 그의 참모들이 집무할 건물을 짓는 데에 모두 관여한 셈이다.

현대그룹 창업자 정주영은 생전에 여러 아들과 함께 아침 식사를 한 후 청운동 자택에서 청와대 앞길을 거쳐 계동의 현대그룹 사옥까지 걸어서 출근하기를 즐겼다. 청와대 앞을 지날 때마다 자기 회사가 지은 건물과 그곳에 입주한 대통령들을 생각하면서, 자신도 마음만 먹으면 그곳에 입성할 수 있다고 생각했을지 모른다. 그는 92년 대통령선거에 출마를 했다가 낙선했다. 아들 정몽준 의원이 부친의 유지를 받들어 2002년 대권에 도전을 했었지만 도중하차를 했다. 정작 입성의 꿈을 이룬 것은 정주영 회장이 키운 이명박 당선자였다.

정주영 회장은 정경유착을 통해 기업을 키운 경영인의 표본이다. 우리나라 권부의 상징인 청와대 시설물 시공을 거의 독점한 데서도 그 단면을 읽을 수 있다. 이제 구시대적 경영의 막내인 이 당선자는 대통령궁 시공자에서 입주자로 신분이 바뀌었다. 그에게는 전근대적인 정경유착을 완전히 청산해야 할 시대적 사명이 주어졌다. 그 일이 실용주의 노선 못지않게 중요한 일임을 이 당선자는 잊지 말아야 할 것이다.

(2007. 12.)

작고 강한 청와대

초대 이승만 대통령의 비서실은 1급 비서관장 1명과 8명의 비서관으로 시작했다. 명칭도 비서실 대신 '비서관실', 비서실장 대신 '비서관장'이라고 했다. 내각책임제의 2공화국 윤보선 대통령 비서실 정원은 14명이었다. 이때 경무대란 이름이 청와대로 바뀌었고, 비서실장과 대변인이라는 직명이 처음 등장하였다.

한 식탁에 둘러앉을 수 있는 인원으로 출발한 대통령 비서실이 참여정부에 와서는 정원 531명의 거대 조직이 되었다. 장차관급 실장과 수석비서관이 13명, 비서관급인 고위공무원단이 84명, 행정관이 182명이나 된다.

'작은 정부'를 지향하는 이명박 당선인에게 '작은 청와대'는 논리적인 귀결이다. 그러나 역대 대통령들의 발자취를 보면 '작은 청와대'의 실현은 그리 쉬운 일이 아니었다.

대통령중심제로 복귀한 3공화국 박정희 대통령의 비서실 정원은 48명으로 시작하였으나 말기에는 227명으로 불어났다. 전두환 대통령 비서실은 306명으로 시작하여 354명으로 늘어났다. 노태우 대통령은 취임 초 비서실 정원을 342명으로 줄였지만 임기 말에는 오히려 384명으로 늘려 놓았다.

김영삼 대통령은 이를 377명으로 줄였고 임기 말 다시 375명으로 줄여 소폭이나마 정원을 감축한 사례를 남겼다. 김대중 대통령은 임기 초 380명으로 시작하여 임기 말에는 405명으로 늘렸다. 노무현 대통령은 아예 처음부터 비서실 정원을 93명이나 늘려서 498명으로 시작한 데다 2006년 국가안보회의를 청와대에 편입시킴으로써 정원 531명의 사상 최대의 비서실을 만들어 놓았다.

나라살림의 규모가 커짐에 따라 대통령 참모진의 규모도 함께 커지는 것은 자연스런 일이다. 그러나 대통령 직선제가 실시된 이후 선거 공신과 가신들에게 나누어 줄 자리를 만들기 위해 비서실을 키우는 경향도 없지 않았다.

허준영 전 경찰청장은 최근 발간된 회고록 『허준영의 폴리스 스토리』에서 참여정부 초기 정무수석실에 배치된 6명의 비서관 중 그를 제외한 5명 모두가 감옥에 다녀온 소위 운동권이었다고 회고했다. 비서관직을 전리품인 양 나누어 먹은 사례 중 하나다. 또 지금까지의 기록을 보면 비서실에 들어온 대통령 측근들이 대형 사고를 친 사례가 많다.

유능한 대통령에게는 행정부 전체가 대통령을 보좌하는 기구이며 비서실이다. 큰 청와대는 오히려 대통령의 정부 장악능력을 떨어뜨린다. '작고 강한 청와대', '숨어서 조용히 일하는 비서실'이 이명박 당선인이 택할 길이라 믿는다.

(2008. 1.)

'각하' 와 봉황새

금빛 찬란한 봉황 한 쌍과 무궁화가 대통령 표장(標章)으로 채택된 것은 1967년 박정희 대통령이 재선되던 해였다. 무궁화는 1963년 국가 문장(紋章)으로 제정된 것이고, 여기에 봉황을 더해서 대통령 표장을 만든 것이다.

동양의 상징체계에서 봉황은 황제의 표상인 용보다 한 단계 낮은 제후의 상징이다. 중국의 천자에 맞설 수 없는 조선의 임금은 용이 아닌 봉황을 상징으로 삼았고, 폐하가 아닌 전하란 호칭을 쓰고, 황제가 입는 황포를 못 입고 제후가 입는 청포를 입었다.

조선이 중국과 사대관계를 단절하고 대한제국을 선포하면서 고종은 양복을 입고 황제 즉위식을 가졌고, 폐하라는 호칭을 사용했으며, 옥새의 장식도 거북에서 용으로 바꾸었다. 대한민국에서 봉황이 국가 원수의 상징으로 채택된 것은 대한제국보다 한걸음 후퇴한 셈이 된다.

이런 유래를 살피면 봉황 문양은 그다지 잘된 선택이 아니다. 무엇보다도 민주국가의 대통령에게 봉건시대 제왕의 상징을 그대로 빌려다 쓰는 것은 시대착오적인 일이다. 이런 이유에서 이명박 대통령 당선인이 봉황과 무궁화로 된 대통령표장을 안 쓰기로 한 것은 잘한 일이다. 의전이나 경호의 규범은 하향경직성이 있다, 한번 높여 놓고 강화해 놓으면 낮추거나 완화하기가 쉽지 않다. 오직 대통령 본인이 지시해야만 바꿀 수 있다.

김대중 대통령은 '각하' 란 호칭을 쓰지 말도록 지시했다. 원래 이 호칭은 일제 강점기에 일본인들이 우리의 국왕을 폐하나 전하로 부르는 것을 못마땅하게 여기고, 낮추어 부르기 위해 사용한 말이다. 궁궐, 사찰 등 우리 전통 건축물에서 각(閣)은 전(殿), 당(堂), 합(閤)보다 작은 건물이다. 각하는 궁전이 아닌 조그만 집에 사는 귀인을 일컫는 말이다.

해방 후 각하란 호칭은 아무 반성 없이 대통령, 장관, 장성들에게 두루 사용되었다. 1963년 박정희대통령이 5대 대통령이 되면서 각하라는 호칭은 대통령에게만 사용토록 했다. 각하란 호칭을 신성화하고 제왕적인 봉황무늬 대통령표장을 만들어 낸 정치문화 속에서 3공화국이 삼선개헌과 유신으로 줄달음친 것은 필연적이었는지 모른다.

봉황을 대체할 대통령표장은 아직 정해지지 않았다. 청와대 본관 건물과 북악산이 그려진 청와대 문장을 쓰는 방안도 검토하고 있다고 들린다. 봉황을 제거한 무궁화 문장만을 사용하는 방안도 있을 것이다. 궁극적으로는 정부 수립 60주년을 맞아 국가 문장체계 전부를 시대에 맞게 새로 디자인하는 것도 시도해 봄 직하다.

(2008. 1.)

책 읽어 주는 아빠

영국은 올해를 '전국 독서의 해'(National Year of Reading)로 선포했다. 정부와 민간단체들이 손잡고 전국적으로 독서장려운동을 편다. 중앙과 지방에 146명의 캠페인 담당자가 지명되었고, 예산도 3,700만 파운드(680억 원)를 배정했다.

영국이 범국민적인 '독서의 해' 사업을 처음 가진 것은 1998년이었고, 이번에 10년 만에 다시 갖는 것이다. 지식산업에 장래를 걸고 있는 영국이 교육의 질과 지식의 기반을 다시 한 단계 업그레이드하겠다는 야심 찬 사업이다.

독서 캠페인은 직장과 지역사회 등 전방위로 전개되지만 그 중 우선적인 목표는 가정의 독서를 장려하는 것이다. 특히 부모가 어린이들에게 책을 읽어 주도록 권장하고 있다. 책읽기는 우선 즐거워야 하므로 읽는 것이 책이 아닌 만화나 잡지라도 좋다는 견해이다. 중요한 것은 어린이들이 읽는 기쁨을 터득케 하는 일이다. 어렸을 때부터 책과 친하게 지낸 어린이는 학교에 들어가서도 어휘와 논리 및 수리 능력에서 두각을 나타낸다. 영국은 오래전부터 이런 점에 착안하여 요람에서부터 독서교육을 준비시킨다. 매년 영국에서 태어나는 65만 명의 아기들은 생후 6개월이 지나면 BookStart 프로그램에 의해 책가방을 선물로 받는다. 책가방에는 책 읽어 주기 요령에 대한 소책자, 우수아동도서 등이 들어 있다. 어린이들이 18개월이 지나면 BookStart Plus 가방을, 3살이 되면 '내 보물상자'(My Treasure Chest) 가방을 받는다. 이 BookStart 프로그램은 미국과 캐나다와 일본 등으로 확산되었고, 우리 나라 에 서 도 2003년 북 스 타 트 한 국 위 원 회 (www.bookstart.org)가 결성되어 현재 전국 45개 지역에서 이 프로그램을 실시 중에 있다.

읽는 재미를 붙인 어린이는 혼자서 공부하는 능력이 생긴다. 학원에 가지 않고도 명문대에 입학한 학생들의 공통점은 어린 시절에 책을 많이 읽었다는 점이다. 어린이에게 읽는 즐거움을 눈뜨게 해 주는 것은 부모의 의무다. 자녀들에게 책을 읽어 주는 것은 아무도 빼앗아 갈 수 없는 값진 유산을 남겨 주는 일이며, 소득격차에 의한 교육기회 격차를 줄이는 길이기도 하다.

거창한 프로젝트만이 세상을 바꾸는 아니다. 나라를 업그레이드하려면 전통적으로 부모에게 맡겨 온 가정교육까지도 정부가 거들겠다는 것이 영국 정부의 철학이다. 우리도 본받을 만한 발상이다.

(2008. 1.)

근정전과 청와대

모든 건축물들은 저마다 개성이 있다. 사람을 불러들이는 친화적 건물이 있는가 하면 거드름을 피우며 사람을 깔보는 건물도 있다. 우리나라 관공서 건물은 대체로 후자에 속한다.

큰길 가에서 한참 뒤로 물러나 앉은 세종로 정부종합청사의 정문은 차를 탄 고위공직자 전용이다. 방문자들은 후문으로 들어가야 한다. 서울의 여의도 국회의사당과 서초동의 법조타운은 물론 지방의 공공기관 대다수가 국민 위주가 아니라 입주자 위주로 되어 있고, 보행자보다는 차를 탄 사람 편익을 위주로 지었다.

소수가 정문을 이용하고 다수가 후문을 이용하는 것은 민주주의 원리에 어긋난다. 관공서는 세금을 내는 국민들이 정문을 이용할 수 있어야 되지 않겠는가? 민주화가 되었지만 관공서 건물은 아직 권위주의시대의 틀을 벗어나지 못하고 있다.

정부 건물만 그런 것이 아니다. 용산의 국립중앙박물관은 큰길에서 수백미터를 걸어야 입구가 나온다. 과천 국립현대미술관은 산속에 들어가 있고, 예술의 전당은 지하철로는 가기 어렵게 되어 있다. 박물관이나 미술관이 대로변으로 나와 방문객을 맞으면 안

되는 것일까? 앞서가는 나라들의 문화시설은 거의 예외 없이 큰길에서 바로 들어가게 되어있다.

권위주의적 건물의 대표적 사례는 대통령의 집무공간인 청와대 본관이다. 평상시 대통령은 몇 명의 수행원을 데리고 그 넓은 집에 혼자 있다. 대통령의 가장 가까운 측근인 비서실장이나 수석비서관도 대통령을 만나려면 같은 청와대 경내인데도 승용차를 타고 가야 한다. 이런 대통령 집무실은 전 세계에서 유례를 찾기 어려울 것이다.

노태우 대통령 때 지은 이 건물은 실상 경복궁 근정전의 현대판이다. 민주주의 대통령의 집무실을 지으면서 안전과 권위를 강조하다 보니 왕조시대 궁궐 비슷하게 지은 것이다. 그렇게 지은 건물에서 3명의 문민대통령이 집무를 했다. 구중심처의 그 큰 건물에 반쯤 유폐되어 5년을 지내면 총명한 대통령도 세상 물정과 단절되고, 건물이 주는 형식의 틀에 갇힌다.

새 대통령은 문을 한두 개만 열면 바로 참모들과 만날 수 있는 집무환경을 갖게 되기를 바란다. 듣기 좋은 소리만 하는 사람이 아니라 비판의 말도 서슴없이 할 수 있는 조언자들을 가까운 거리에 두고 일하는 대통령이 될 수 있도록 사무실 배치와 집무환경을 전면적으로 바꿀 것을 권하고 싶다. 고독한 결단이 아니라 토론을 통한 결단을 하는 대통령이 나라를 위해서 좋을 것이다.

(2008. 1.)

『뿌리 깊은 나무』와 한창기

70년대에 『뿌리 깊은 나무』라는 월간 잡지가 있었다. 이 잡지는 당시 대부분의 잡지가 한글과 한자를 섞어 쓰고 세로쓰기를 할 때 과감히 한글전용에 가로쓰기를 했고, 터부로 여기던 긴 제목과 대담한 사진 편집으로 잡지계에 새바람을 일으켰다. 독자들은 이 잡지가 보여 주는 우리말다운 문장과 깐깐한 문화비평정신을 높이 샀다.

1976년에 창간된 이 잡지는 전성기에 발간 부수가 10만 부에 육박하기도 했지만 80년 신군부 집권과 함께 폐간의 비운을 맞았다. 그러나 이 잡지의 편집정신과 엄밀한 글쓰기 스타일은 몇 년 뒤 창간된 여성지 『샘이 깊은 물』에 계승되고, 11권짜리 『한국의 재발견』과 『뿌리깊은나무 민중자서전』 20권의 발간이라는 큰 결실을 맺었다. 특히 서산 어리굴젓장수, 마포뱃사공, 조선목수, 계동마님 등의 구술을 그대로 받아 적은 민중자서전은 '밑으로부터의 역사'이자 '토박이 말'의 보고 구실을 하였다.

시대를 앞서 나간 이 잡지의 창간자는 당시 브리태니카 코리아 사장 한창기였다. 그가 만들던 잡지는 모두 역사의 뒤안길로 사라

졌지만 그가 주도한 혁신적인 글쓰기와 편집은 문필계와 잡지계에
두고두고 영향을 미쳤다. 험프리 미국부통령으로부터 "내가 만난
동양인 중 가장 영어를 잘하는 사람"이라는 칭찬을 들었던 그가 우
리말 글쓰기에 큰 족적을 남겼으니 흥미로운 일이다.

그는 또 우리 전통문화의 발굴자였고 지킴이였다. 빈사상태의
전통국악을 살려내기 위해 100회의 판소리 감상회를 열고 관련 음
반과 책자를 발간했으며, 방자유기, 옹기, 한복, 한옥, 백자, 석물,
차, 전통 직조, 천연 염색 등의 아름다움을 널리 알리는 데 힘썼다.
그는 한옥에 살면서 한복을 즐겨 입었고, 부지런히 민예품과 고미
술품을 수집하였다. 그의 소장품들이 전시될 '한창기박물관'이 낙
안읍성에 건립되고 있다.

한창기는 97년 지병으로 작고했지만 한 때 그와 더불어 일했던
사람들이 그의 사후 10주년이 되던 지난해 세 권의 유고집(『뿌리
깊은 나무의 생각』, 『샘이 깊은 물의 생각』, 『배움나무의 생각』)을
발간했다. 금년 초에는 그와 함께 일했던 사진가 강운구 외 58인의
추모 글을 모아 『특집! 한창기』를 냈다.

21세기는 '문화의 세기'라고 한다. 사회의 모든 부문에서 문화
의 중요성이 강조되고 있지만 이 시대에 맞는 문화적 리더십을 만
나기는 쉽지 않다. 그래서 그가 너무 일찍 갔다고 아쉬워하는 사람
들이 많다.

(2008. 2.)

감상적 환경주의의 극복

천성산, 사패산, 새만금. 우리에게 매우 친숙해진 이름이다. 지난 몇 년간 대형 국책토목공사를 둘러싸고 정부와 시민단체 사이에 길고 지루한 싸움이 벌어졌던 현장들이다.

경부고속전철 천성산터널 공사는 '도룡뇽 소송'으로, 새만금 간척사업은 사업계획 취소청구소송으로 공사가 한때 중단되었다. 서울외곽순환도로의 사패산터널도 종교단체와 환경단체의 반대로 2년 동안이나 공사를 못했다. 천성산과 새만금 재판은 대법원이 정부의 손을 들어 줌으로써 일단락되었다. 사패산터널은 공사구간 인근 사찰에 무마 조의 환경비용으로 20억 원을 지원하고 해결했다.

3건의 공사는 공사 지연과 추가 비용 등으로 수조 원의 부담을 국민에게 떠넘기고 모두 정부의 계획대로 추진되었다. 결과만을 본다면 시민단체는 3 대 0으로 패한 것이다. 전문성이 의심되는 집단의 감상적 환경주의가 국민에게 입힌 거액의 피해를 누가 보상할 것인가?

이제 한반도 대운하 건설은 정부와 시민단체 간의 새로운 대결을 예고하고 있다. 대운하의 2대 쟁점은 경제성과 환경 문제다. 민간자본으로 대운하를 건설한다는 이명박 당선인의 말대로라면 사업의 경제적 타당성에 대한 판단은 돈을 낼 기업들이 주도해야 한다. 환경과 관련한 쟁점에는 다시 시민단체들이 등장할 것이다.

대운하 건설을 주장하는 측은 운하건설은 하천을 과학적으로 정비하고 관리 통제하는 것이기에 환경에 도움이 된다고 주장하고 있다. 반대 측은 그것이 국토환경에 예기치 않은 재앙을 가져올 수 있다고 말한다. 지난 주 발표된 한국갤럽의 여론조사에 의하면 대운하와 환경문제에 대해서는 환경개선에 도움이 된다는 의견이 24.1%, 안 된다는 의견이 62.9%로 큰 격차를 보였다. 국민들은 심정적으로 환경론자의 손을 들어 준 것이다. 응답자들이 얼마나 정확한 정보를 바탕으로 했는지는 알 수 없다.

같은 조사에서 대운하 건설에 반대하는 사람이 49.2%이고 찬성하는 사람은 30%였다. 시간이 갈수록 대운하 건설의 국민 지지도는 떨어지고 있다. 이런 추세는 앞으로 대운하를 둘러싼 찬반 논쟁이 상당히 거셀 것임을 짐작케 한다.

논쟁은 지혜를 모으는 과정이므로 마다할 이유가 없다. 그러나 이런 논쟁이 다시 전문성이 없는 감상적 환경주의자들에게 휘둘려서는 안된다. 장외로 나가고 법정으로 가서도 안된다. 대운하 건설은 국민적 대표성이 있는 국회가 전문가들의 증언을 광범위하게 청취하는 과정을 거치고, 초당적 합의를 이끌어 낸 후 추진해야 할 문제라고 본다.

(2008. 2.)

퇴임 후 성공하는 대통령

지미 카터 39대 미국 대통령(1977~81)이 백악관을 떠날 때는 박수가 없었다. 그는 현직 대통령으로서는 드물게 재선에 실패한 대통령이었다. 퇴임 무렵 그의 정치적 영향력과 인기는 바닥권이었다. 심지어 백악관에 들어가면서 신탁에 맡겨 두었던 재산도 100만 달러의 손실을 입고 있었다.

그러나 카터는 퇴임 후 미국의 역대 퇴임 대통령과는 다른 삶을 보여 주었다. 그는 지금까지 27권의 책을 잇달아 써 냈고, 그 중 여러 권이 베스트셀러가 되었다. 그는 야인으로서 그의 이상주의를 실천해 나갔다. 그의 활동범위는 국제적인 분쟁방지, 인권과 민주주의 신장, 빈민들에게 집 지어주기, 기생충퇴치, 각종 차별철폐운동 등 다양했다. 1994년 북한이 IAEA 핵사찰단을 축출하여 위기가 조성되었을 때는 미국의 대북특사로 평양을 방문하여 북한을 국제핵사찰 테두리로 다시 끌어들이는 협상을 성공시켰다.

이런 여러 공로를 평가하여 노벨상위원회는 그에게 평화상을 수여했다. 앨버트 슈바이처상도 받았다. 그는 퇴임 후 박수를 받는 지도자로 다시 태어났다.

　불행하게도 우리 국민은 지금까지 박수받으며 퇴임하는 대통령을 단 한사람도 보지 못했다. 25일 퇴임하는 노무현 대통령도 예외가 아니다. 또 퇴임 후 박수받을 일을 하는 대통령도 아직 보지 못했다. 그러나 노대통령은 아직 62세의 젊은 나이이고, 퇴임 대통령이 어떻게 국가와 국민에게 유익하게 봉사할 수 있는지 좋은 선례를 보여 줄 수도 있다.

　그러기 위해서는 우선 정치색을 완전히 벗어던지고 동기의 순수성을 인정받아야 한다. 재단을 만들고 연구소를 차려 추종자들과 더불어 실패한 진보정치의 실험을 변명하고 옹호하는 일에 여생을 바친다면 국민 대다수는 다시 한번 실망할 것이다. 재임 중의 평가는 학자들에게 맡기고, 노 대통령은 완전히 새로운 분야에서 할 일을 찾는 것이 좋을 것이다. 서민적이고 탈권위주의를 지향했던 대통령으로서 그에게는 아직도 활용할 수 있는 정치적 자산이 조금은 남아 있다.

　전직 대통령이 할 만한 일은 많이 있다. 예를 들어 책 읽는 국민을 만들기 위한 도서관 확충과 독서운동, 국민건강과 여가선용을 위한 생활체육운동 등은 전직 대통령이 해 봄 직한 일들이다. 해양수산부장관의 경험도 살리고 바다를 낀 고향에 봉사한다는 뜻을 살려 범국민적인 맑고 깨끗한 바다 가꾸기 운동을 한다거나, 소외계층을 위한 법률구조운동에 나서 볼 수도 있을 것이다.

(2008. 2.)

대학 총장님들의 쿠데타

이명박 대통령은 25일 취임연설에서 이례적으로 '교사들의 경쟁력'이란 어휘를 사용했다. 실상 우리 교육의 공공연한 비밀 중 하나는 교원의 자질 문제이다. 능력과 사명감을 갖춘 교원도 많지만 무풍지대에서 철밥통을 지키는 무능 교사도 많다. 공교육이 무너지고 있는 것도 교원들의 자질과 무관하지 않다. 조기 영어교육, 영어로 진행하는 영어수업을 하려 해도 자격을 갖춘 교사가 턱없이 부족하다. 공교육이 제구실을 못하기 때문에 학부모들의 사교육비만 날로 늘어난다. 지난 2005년 정부가 내놓은 교원평가제도는 사교육비 경감과 공교육 정상화의 핵심적 방안으로 나온 것이었다. 그러나 교원단체들의 강력한 반발로 추진이 지지부진하다.

대학도 같은 문제를 안고 있다. 훌륭한 교수도 많지만 자질이 의심스런 사람도 많다. 교수직 임명을 둘러싼 금전 수수, 가짜 박사학위 소동, 논문 표절 시비, 그리고 입시부정 등으로 대학가의 스캔들은 그칠 새가 없다. 평생직을 보장받은 전임교수의 강의가 기아선상의 보수를 받는 시간강사들보다 부실하다는 것은 여러 조사에서 밝혀진 사실이다. 출세를 위해 밖으로만 나도는 교수일수록 학생과 강의를 우습게 안다.

부실교육의 1차적 피해자는 학생과 학부모이고, 궁극적인 피해자는 대한민국이다. 대한민국의 국력에 비해 대학의 국제경쟁력은 한심한 수준이다. 2006년도 뉴스위크가 선정한 세계 100대 대학에 일본 대학은 5개, 홍콩이 3개, 싱가폴이 2개가 들어있으나 한국은 단 한 군데도 없었다. 2007년 영국의 더 타임즈가 선정한 100대 대학에는 51위의 서울대가 유일하다. 그러나 중국과 홍콩은 4개, 일본은 3개, 싱가폴은 2개였다. 경쟁력 있는 대학을 만든다고 BK21사업으로 2조 원의 혈세를 퍼붓고 있지만 대학의 자기혁신이 없으면 묵은 김칫독에 새 김치 넣기나 마찬가지다.

이런 상황에서 동국대 오영교 총장이 교수강의 평가 결과를 전면 실명 공개하여 신선한 충격을 주고 있다. 한국과학기술원 서남표 총장의 교수 철밥통 깨기 개혁에 이은 또 하나의 쾌거다. 평점이 나쁜 교수들은 위기감을 갖고 분발할 것이고, 높은 평가를 받은 교수는 더 큰 힘을 얻을 것이다. 그래서 경쟁은 필요한 것이다.

과기대와 동국대 총장님들의 쿠데타가 전 대학으로 번져 가는 것을 보고 싶다. 초중등학교 교원평가제도도 하루빨리 전면 실시되어 공교육 정상화의 새로운 계기를 마련해야 한다. 우리 교육의 쟁점이 입시 등 절차 문제에서 교육의 질과 내용으로 옮겨 가야 할 때다.

(2008. 2.)

허우대만 좋고 허약한 아이들

'체력은 국력'이란 말은 부국강병을 추구하던 시대의 유산이지만, 오늘날에도 여전히 타당하다. 국민의 체력과 건강과 행복지수는 함께 간다. 국민이 건강하면 늘어나기만 하는 건강보험의 재정 부담도 크게 줄어들 것이다. 근로자에게 스포츠를 장려하면 산업 현장의 사고와 재해가 크게 감소한다는 것도 잘 알려진 사실이다. 허약한 학생보다 건강한 학생들의 학업성취도가 높다는 것도 상식이다.

한국은 스포츠 강국이다. 국민들도 스포츠를 좋아한다. 수많은 국민적 스포츠 스타가 있고 그들의 활약에 전 국민이 애환을 함께 하고 있다. 그러나 엘리트체육과 프로스포츠가 전부는 아니다. '국력은 체력'이란 말을 현실화하는 것은 오히려 학교체육과 생활체육이다. 그러나 이 분야를 이야기하면 우리나라는 스포츠 강국과는 거리가 멀다.

문화체육관광부가 발표한 2007년도 국민체력 실태조사가 이 주장을 뒷받침한다. 이 조사에서 특히 주목을 끄는 것은 우리나라 청소년들의 체격은 좋아졌지만 체력은 전반적으로 저하되고 있다는 지적이다. 또 우리 청소년들의 키는 이웃 일본과 중국보다 크지만 체력은 오히려 떨어지는 것으로 나타났다. 초등학생들의 체지방률도 89년 이래 가장 높게 나타났다. 비만아동이 많다는 뜻이다.

1994년 학부모들의 원성이 높던 체력장제도가 폐지된 이후 우리 청소년들의 체력이 지속적으로 저하하고 있다. 교육당국은 체력장만 폐지한 것이 아니라 7차 교육과정 개편 때 각급 학교의 체육 시간을 줄였고, 고등학교의 체육수업을 선택과목으로 하도록 했다. 이웃 일본의 고등학교는 주 4시간의 체육수업을 의무화하고 있는데 우리만 역행하였다.

허우대만 좋고 허약한 아이들을 양산한 것은 앞을 내다보지 못한 교육 당국과 입시에만 관심 있는 학부모들, 그리고 내 몸 가꾸기에 대한 청소년들의 잘못된 인식이 함께 만든 결과이다.

청소년 시절은 스포츠의 참맛을 깨우치기에 좋은 때다. 또한 평생의 건강을 좌우할 단단한 골격을 만들고 기초체력을 다져 놓을 시기이다. 이 귀중한 시기에 우리 청소년들을 입시공부로만 내몰고 있는 것은 잘하는 일이 아니다. 우선 공교육 교과과정에서 체육수업을 대폭 강화할 필요가 있다. 학부모들도 생각을 바꾸어야 한다. 자녀들이 평생 즐길 수 있는 스포츠를 한 가지 익히도록 해 주는 것은 가장 소중한 유산이 될 수 있다.

(2008. 3.)

영어교육 서둘 필요 없다

조기 영어교육 바람이 거세다. 자녀를 둔 학부모들은 내 아이에게 일찍 영어교육을 못 시킨 것이 진학과 사회 진출에 두고두고 장애가 되지 않을까 불안하다. 그러나 남이 장에 간다고 나도 덩달아 갈 필요는 없다.

유아 영어교육은 어릴 때 외국어와 외국인에 대한 친근감을 익힌다는 점에서는 긍정적이다. 그러나 외국어 사용 환경이 지속적으로 유지되지 않으면 배운 것들이 유지되지 않는다는 것은 경험적으로 잘 알려진 일이다. 또 선행학습을 하면 정작 정규과정에서 학습에 대한 흥미를 잃기 쉽다는 것도 교육학자들의 실증적 조사에서 밝혀졌다. 등록금이 비싸서 자녀들을 영어유치원에 못 보냈다고 기가 죽거나 속상해 할 필요는 없다. 초등학교 상급반 때 공교육에서 영어를 배우기 시작해도 늦지 않다.

영어는 모국어와 균형이 맞을 때 제값을 한다. 영어만 잘하는 한국인은 이 땅에 적응하기가 쉽지 않다. 조기유학으로 영어는 익혔는데 한국어가 약해서 한국 사회에 적응을 못하는 젊은이가 의외로 많다. 이런 자녀들을 둔 부모들은 크게 후회하고 있다. 남이 영어유치원에 갈 때 내 자녀에게 책을 많이 읽혀서 모국어의 기본을 든든히 해 놓고 나중에 영어를 배우는 것이 더 나을 수도 있다.

영어는 한국어 구사능력과 전문지식을 모두 갖출 때 그 효용가치가 극대화된다. 예를 들자면, 반기문 유엔사무총장은 이 세 조건을 다 갖춘 경우다. 한국 사회의 적응능력과 효용성을 따지면 한국어와 전문지식이 먼저고 영어는 맨 나중이다. 영어가 약해도 사회적으로 성공해서 잘살 수 있는 길은 얼마든지 있다.

지능의 우열과 상관없이 선천적으로 외국어에 맞는 두뇌를 가진 사람이 있고 그렇지 못한 사람이 있다. 내 아이가 영어를 잘못한다고 비관할 필요도 없다. 다른 더 좋은 능력을 찾아서 그것을 키워 주면 된다.

영어를 고급 수준으로 말하고 쓰고 읽기를 하는 것은 원어민에게도 힘든 일이다. 이런 수준의 영어를 구사하도록 가르치기는 쉽지 않다. 고급 영어가 필요하면 그것을 전문적으로 서비스하는 통번역사의 도움을 받으면 된다.

정부가 영어교육 바람을 일으켜 사교육기관만 배불리는 일은 없었는지 반성할 일이다. 외국어 교육을 영어 일변도로 몰고 가는 것도 문제다. 영어권에서는 지금 중국어 학습 붐이 거세다. 우리에게도 중국어와 일본어는 매우 중요한 언어다. 외국어 교육에 대한 정부의 생각부터 균형을 찾아야 하겠다.

(2008. 3.)

평양의 맥주와 담배

지난해 평양에 갔을 때 마셔 본 대동강맥주의 맛은 매우 훌륭했다. 좋은 맥주가 갖는 단맛과 쓴맛, 그리고 새큼한 맛이 잘 어우러져 오묘한 맛을 보여 주었다. 서울에서 마시던 어떤 국산 맥주보다도 나은 것 같았다. 남한에서 대량 생산되는 맥주는 청량음료처럼 차고 시원하게 마시도록 만들어져 맛이 싱겁고 깊이가 없다. 또 일부 품목을 제외하고는 값이 비싼 호프를 첨가하지 않는다. 맥주의 보존제로 사용하는 호프는 독특하고 쌉쌀한 맛으로 맥주의 깊은 맛을 낼 뿐만 아니라 신경안정제의 효력도 갖고 있다. 대동강맥주는 호프를 제대로 넣어 만든 맥주이다.

북한에서 이처럼 좋은 맥주를 만든다는 것은 의외였는데, 최근 로이터통신의 보도가 그 의문을 풀어 주었다. 북한은 2000년 영국의 맥주회사 어셔스사로부터 가동이 중단된 헌 공장 설비를 통째로 사들여 평양으로 옮겨 재조립하여 대동강맥주 공장을 만들었다. 김정일 위원장이 공장을 찾아와 현지지도까지 한 이 공장은 2002년부터 가동하여 최고급 맥주를 당 간부와 평양주재 외국인들에게 공급하기 시작했다. 최상급의 맥주를 만들라는 김 위원장의 지시로 가격에 개의치 않고 해외의 가장 좋은 재료들을 사다 썼다는 것이다. 좋은 재료와 평양 근교의 정평있는 좋은 물로 정석대로 만든 맥주이니 맛이 좋을 수밖에.

대동강맥주 못지않게 '묘향'이란 상표의 담배 맛이 우수한 것도 놀라웠다. 그러나 가짜 담배가 북한의 가장 큰 수출품목 중 하나라는 것을 알면서 이 의문도 풀렸다. 북한에는 10여개의 공장에서 매년 410억 개비의 가짜 담배가 생산되고 있으며, 액수로 따진다면 5억 달러에서 7억 달러에 이른다. 이는 타임지가 입수한 미국과 유럽, 그리고 일본의 담배회사들이 공동 작성한 기밀문건에서 밝혀진 바다.

북한산 가짜 담배의 국제유통에는 중국과 대만의 범죄조직이 연관되어 있는 것으로 알려졌다. 월스트리트 저널도 북한의 연간 위조담배 생산량이 20억 갑이며, 가짜 담배로 버는 외화가 연간 2억 달러라고 보도한 적이 있다. 가짜 담배를 만들기 위한 외국산 원료와 정교한 인쇄술과 포장술이 결합하여 '묘향'이란 우수한 담배가 나오게 된 것을 알게 되면서 입맛이 씁쓸했다.

대동강맥주는 작년 남한에도 수입되었지만 현재는 가격이 안 맞아 판매가 중단되었다. 북한산 가짜 담배는 어선을 통해 밀반입되어 상당량이 유통되고 있는 것으로 알려졌다.

(2008. 3.)

IT거품, 주택거품, 그 다음은?

금융용어로 '거품'(bubble)이란 말은 1720년대 영국에서 탄생했다. 남반구 개발을 내걸고 설립한 South Sea Company사의 주식이 미친 듯이 올랐다가 갑자기 붕괴하는 바람에 많은 사람이 재산을 날렸다. 물리학자 뉴턴도 당시로는 거액인 2만 파운드를 잃었다. 영국 의회는 비슷한 일이 재발하지 않도록 '거품법안'을 제정했다.

거품의 망령은 20세기에 되살아났다. 1차대전이 끝난 후 미국의 산업계는 전쟁 중 개발된 라디오와 냉장고의 민수용 제품 개발에 열을 올렸다. RCA 등 관련 주식 가격은 무섭게 치솟아 거대한 거품을 만들었다. 그러나 1929년 10월 주식시장이 붕괴하고 수많은 사람이 거지가 되었다.

세 번째 큰 거품은 1990년대 말과 2000년대 초에 있었던 IT거품(닷컴 거품)이다. 인터넷 관련산업에 대한 과대한 기대는 7조 달러의 허구적 가치를 만들었다가 거품이 붕괴되자 많은 미국의 베이비부머들이 노후 자금을 날렸다.

지금 다시 미국의 주택가격 거품이 세계를 괴롭히고 있다. 금융

시장에 불안을 느낀 투기자금이 좀 더 안전한 원유, 곡물, 광물 등 원자재 시장 쪽으로 몰려들면서 원자재 값이 엄청나게 올라 물가를 부채질하고, 달러 가치의 하락으로 세계의 금융시장이 출렁이고 있다. 예일대 실러 교수는 주택가격 거품의 규모를 12조 달러로 추정하고 있다.

도대체 왜 이런 거품이 자주 일어나고 또 붕괴하여 세상을 골탕먹일까?

월스트리트의 투자 전문가 출신 CEO 에릭 얀센은 하퍼즈 최근호에 기고한 글에서 IT 거품과 주택거품은 10년 주기로 일어났는데, 이것은 시작일 뿐이고 앞으로도 비슷한 거품의 발생과 붕괴가 잇달아 일어난다고 내다보았다. 무역적자와 재정적자의 누적으로 빚더미가 된 미국 경제는 거품이 없이는 제구실을 할 수 없다는 것이다.

그렇다면 다음번의 거품은 어떤 것일까? 그는 대체에너지 부문에서 주택거품의 손실을 만회할 20조 달러 규모의 초대형 거품이 형성될 것이라고 내다보았다. 원자력 발전과 수소에너지, 태양열, 지열, 풍력, 바이오에너지 등 석유를 대체할 산업과 제품에 대한 러시는 이미 시작되었다는 것이다.

그는 "현재의 미국 경제에서 새로운 거품보다 더 나쁜 것은 거품이 아예 없는 것"이라고 단언한다. 그 거품이 사라지면 세계는 다시 고통을 겪을 것이다. 긴 안목으로 현명한 대처가 필요한 일이다.

(2008. 3.)

신우재의 아침카페

바보야, 문제는 물과 공기야!

2008년 12월 26일 초판 1쇄 인쇄
2008년 12월 31일 초판 1쇄 발행

지은이 신우재
펴낸이 허만일
펴낸곳 華山文化

등록번호 2-1880호(1994년 12월 18일)
전화 02-736-7411~2
팩스 02-736-7413
주소 서울시 종로구 통인동 6, 효자상가 A 201호
e-mail huhmanil@empal.com

ISBN 978-89-86277-94-4 03810
ⓒ 신우재, 2008

※ 잘못된 책은 바꾸어 드립니다